Heddi Biernath

Raus bist du noch lange nicht

Eine Mutter – Sohn Geschichte

Copyright: © 2015 Heddi Biernath
Lektorat: Erik Kinting / www.buchlektorat.net
Umschlag & Satz: Erik Kinting
Titelfoto und Fotos aller Plastiken: © Sigrid Hacker

Verlag: tredition GmbH, Hamburg
ISBN 978-3-7323-3335-6 (Paperback)
ISBN 978-3-7323-3336-3 (Hardcover)
ISBN 978-3-7323-3463-6 (E-Book)
Printed in Germany

Bibliografische Information der Deutschen Nationalbibliothek:
Die Deutsche Nationalbibliothek verzeichnet diese
Publikation in der Deutschen Nationalbibliografie;
detaillierte bibliografische Daten sind im Internet
über http://dnb.d-nb.de abrufbar.

Mein herzlicher Dank geht an die Berliner Selbsthilfegruppe *Verlassene Eltern*, die mich ermuntert hat, einige der Erfahrungsberichte und Diskussionen aus der Runde in das Panorama von Erlebnis und Fantasie dieser Mutter-Sohn-Geschichte einzuflechten. Alle Namen und persönlichen Details sind frei erfunden oder inhaltlich und erzählerisch verfremdet.

Ganz herzlichen Dank auch an die Künstlerin Sigrid Hacker, für die sensible Fotoauswahl ihrer Plastiken.

Inhalt

Mutter und Kind
Sigrid Hacker, Marmor, 1995

Mutter-Monster im Netz

Beim Aufblicken hatte Karlotta den ganzen Platz ungetrübter Familienfreuden vor sich: In die sanfte Biegung der kleinen, ruhigen Wohnstraße vor ihrem Haus schmiegte sich die heckengesäumte Wiese, auf der ihr Sohn seinen bunten Bällen nachgejagt war – zusammen mit den Kindern aus den anderen zweistöckigen Stadthäusern, die wie ein Wall den fröhlichen Hort der vierjahreszeitlichen Kinderwelt und nachbarlichen Zuneigung umstanden. In der ersten Frühlingssonne hatte Karlotta mit den anderen Eltern auf der Decke gesessen und beim Sommerferienfest hatte sie mit Mann und Sohn, mit Nachbarn und Freunden das Büffet und die Federballnetze aufgebaut. Eine herrlich weite Spielwelt, deren Unendlichkeit mit dem Kindesalter wuchs und dann schrumpfte, die aber in jedem Herbst wieder für das Fußball-Familienturnier ausreichte und in diesem Winter, kurz vor Weihnachten, sogar wieder einmal für eine kleine Eisbahn.

Karlotta hatte das eigene Arbeitszimmer, aus dessen Fenster sie Sebastians Laufställchen im Garten hinter dem Haus vor Urzeiten so bequem im Auge gehabt hatte, vor sieben Jahren gegen

das Zimmer ihres verstorbenen Mannes einge-
tauscht, das im oberen Stock und zur Straße hin
lag. Über ihren Computer und die verschneite
Wiese hinweg konnte sie zusehen, wie Sebastian
aus dem Taxi stieg, die kleine Reisetasche vom
Rücksitz nahm und sein Handy verstaute.

Karlottas unwillkürlich aufsteigende Freude
sackte in sich zusammen, denn sofort schoss
wieder der Satz in ihr hoch, der die erwartungs-
volle Aufregung über das Wiedersehen mit ihrem
Sohn übertönte:

»Du bist einfach unerträglich – und überhaupt,
du hast noch nie eine Freundin von mir leiden
können!«

Sebastian hatte ihn bei ihrem letzten Treffen her-
vorgepresst und dann jeden Kommentar verwei-
gert; Monate war das her. Diesen Satz, den selbst
die engste Freundin Karlotta nicht glauben wollte – worauf sie ihn schnell schamvoll in sich ver-
grub. Dieser Satz, der seitdem ihren erinnerungs-
verlorenen Blick vom Platz der unbeschwerten
Eltern-Kinder-Welt immer schneller zurückholte
auf ihren Bildschirm, der Satz, der sie erst fassungslos und dann in völliger Hilflosigkeit hinterlassen hatte.

Dabei war Karlotta so stolz darauf, dass alle sag-
ten, wie eigenständig und gut sie ihr Leben allein

meisterte. Sie war eher diejenige, zu der die anderen mit Problemen kamen. Hatte sie selbst das Bedürfnis nach Hilfe, unterstützendem Rat oder nach neuer Sichtweise, wandte sie sich nicht unbedingt sofort an Freunde, sondern erst einmal vertrauensvoll an die Suchmaschine.

Eine wundervolle Einrichtung: Das Netz macht kundig ohne nachzufragen, man kann jedem Informationswunsch ungestört freien Lauf lassen und ihn immer weiterverzweigt verfolgen. Das Netz bemerkt auch nicht die Betroffenheit, mit der man plötzlich einen Themenbereich einzukreisen beginnt; es stellt kommentarlos immer detailliertere, immer gezieltere Einsichten und Erkenntnisse zur Verfügung.

Als Karlotta *Klammer-Mutter* eingab, fand sie zwischen *Mutter Klammer Vespa-Rücklicht, Klammer Mutter Türbefestigung (unpassende Bilder melden)* auch gleich ihre vage Befürchtung abgebildet: *klammernde Mutter, Porträt einer starken Frau.* Aha, aber die sah ganz sympathisch aus? Um die fünfzig, lockig-kurzes Haar, wissendes Lächeln, schaute sie sie mit wachem Blick an. Also beunruhigt weitergescrollt: *Klammernde Eltern und ihre Tyrannei der Intimität,* begann der Artikel aus der *WELT* und fuhr fort: *Wenn Kinder groß werden, kämpfen Eltern mit Trennungsschmerzen.* Das traf es noch nicht ganz, sie als Witwe eher halb – oder doppelt? Aber vielleicht kam der folgende Eintrag ihrem nagenden Zweifel näher: *Mütter und Söhne – eine besondere Beziehung* titelte das *BRIGITTE-Forum*: *Jede Mutter neigt dazu, sich an ihren Sohn zu klammern, und die Gefahr, dass das ein Leben lang so weitergeht, ist sehr, sehr groß.* Ziemlich plattes Klischee!

Oder wollte Sebastian genau das ausdrücken? Konnte er dieses *Du bist einfach unerträglich* am Ende genau so gemeint haben?

Ihr Sohn?

Konnte er nicht, war Karlotta sich ziemlich sicher gewesen, denn sie beide verband zu viel Offenheit, unkomplizierte Freundschaft und aufrichtige Freude für und miteinander.

Familien-Highlights blitzten auf: Fröhliche Kindheit und Jugend mit Fußballgerangel von Vater und Sohn, mit Schwimmen in den Ferien, mit Gelächter und Sorgen im Auto beim Abholen von der Schule, mit Anzugkauf, Wagenwaschen und Damen-Blumengesteck für den Abschlussball, mit Sebastians Freude auf die weite Welt und das sichere Elternhaus im Rücken.

Und es verband sie beide zu viel Durchlittenes, danach, mit seinem Vater.

Karlotta wusste noch genau, wie sehr sich Nikolaus trotz fortgeschrittener Krankheit gefreut hatte, als sein Sohn den Studienplatz in London bekam. Und wie oft Sebastian später, als wohne er nur um die Ecke in Berlin, nach kurzem Durchruf herübergeflogen kam.

Kurze Wege

»Wie geht's, Papa ... Ja, dachte ich mir schon, deine Stimme klang anders ... ich bin auf dem Weg nach Heathrow, hab noch einen Platz auf der 15:45 gekriegt, nein, nein, schon okay, die Klausur ist erst nächsten Dienstag, bestimmt ... nein, ich will kommen, kannst du mich in drei Stunden vom Flughafen abholen?«
Karlotta legte auf, ging hinauf ins Schlafzimmer, schaute nach der Infusion; die lief ruhig, Nikolaus schlief.
Mein Gott, wie dünn und grau er aussieht, er atmet ganz flach. Wenn er wach wird, tu ich so, als ob Samstag ist. Wo Sebastian jetzt so häufig am Wochenende aus London herüberkommt, wird er keinen Verdacht schöpfen.

Das Morphium war ein Segen. Vor ein paar Monaten hatte sie es noch verflucht. Es hatte bewirkt, dass Nikolaus sich auf einmal wieder stark fühlte, unrealistisch stark. Er wollte zur Arbeit, selbst mit dem Auto hinfahren, sie hatten sich fürchterlich gestritten, schließlich hatte er zugestimmt, dass sie ihn fuhr. Seine Kollegen waren großartig: »Wie gut, dass Sie da sind, wir brauchen unbedingt die Zahlen vom letzten halben Jahr, nein, nein, Sie sehen gut aus, wirklich!«

Alle waren großartig: der befreundete Arzt, der ihr die Angst vor der Infusion und den Medikamenten genommen hatte, die Nachbarn und Freunde, die ihn so lange es irgend ging, an allem teilhaben ließen. Und Sebastian. Er sprach mit seinem Vater, wenn sie überhaupt nicht weiterkam, so wie damals, bei dem Streit ums Autofahren. Er kam jetzt fast jedes Wochenende, rief dauernd an. Half ihm nach unten ins Wohnzimmer oder in den Garten. Redete immer mit ihm, über Männersachen, Fußball und Versicherungen, ihrer beider Ingenieur-Studiengänge – früher in den 70er-Jahren in Berlin, heute drüben in London –, sah fern mit ihm. Machte zusammen mit ihr das Abendessen, spielte ein bisschen Klavier, und Karlotta atmete den frischen, süßzimtigen Kaffeeduft über ihrem Becher ein, alles ganz so wie früher. Er ging nur kurz zu Freunden und rief von unterwegs an: »Mama, brauchen wir noch was vom Einkaufen?«

Bei der Beerdigung waren sie sich einig: *So hätte Papa das gefallen.* Die Kirche voller Sonnenblumen und alle seine Kollegen waren da – manche kannten sie gar nicht – und die Nachbarn, seine Schwestern, die Cousine, Freunde, viele davon Sebastians, und die Pateneltern. Sebastian hatte alle vom Flughafen abgeholt, hatte mit ihr die Gästebetten bezogen, die Bewirtung vorbereitet, und dann waren sie zusammen vor die Trauergäste in den Garten getreten und hatten allen für die Anteilnahme gedankt.

Ihre beste Freundin sagte: »Man hat ihn früher schon immer für älter gehalten, aber heute wirkt er besonders erwachsen. Wie gut, dass ihr euch habt.«

***

Nach weiteren drei Jahren mit erster Berufserfahrung in London zog Sebastian um nach Boston, zum zweijährigen Masterstudiengang am *Massachusetts Institute of Technology*. Karlotta freute sich sehr für ihn und sie freute sich auf die USA.

Das letzte Mal waren sie noch gemeinsam zu dritt drüben gewesen; Nikolaus war nachgekommen zu ihrer alten Freundin in Florida, weil sein Urlaub sich nicht genau deckte mit den Schulferien von Sebastians deutsch-amerikanischer und Karlottas Schule für Erwachsenenbildung.

Im Laufe der Jahre war Karlotta, die begeisterte Englischlehrerin, mit ihren beiden heuschnupfengeplagten Männern fast die ganze Ost- und Westküste herauf und herunter gereist, immer entlang der lindernden Ozeanluft. Erst Kinderferien am Strand mit Buddeln und Buggieboard, dann auf Huckleberry Finns Spuren am Mississippi-Delta oder an Michael Jacksons *Neverland Ranch* in Kalifornien vorbei. Später kamen Key West und das *Hemingway Projekt* sowie der *Melting Pot* New York für die Abi-Kurse. Alles zwischen Sport, Feriencamp und Baden im Meer, oft zusammen mit alten und neuen Freunden.

Und nun wieder Boston. Dort war sie das letzte Mal als junge Austauschlehrerin gewesen. Sie hatte Noam Chomskys *Amerika und die neuen Mandarine* verschlungen, ihre Referendararbeit über den kritischen Sprachwissenschaftler geschrieben und dann in seinem Seminar gesessen. Sebastian winkte ab, als sie ihn beim ersten Besuch zu ihrem *Guru* mitnehmen wollte, der immer noch Vorträge hielt. Aber sie gingen zusammen zu den *Boston Pops* und saßen mit seinen Freunden beim Jazz und beim Brunch. Sie sprachen über sein Studium, alte Berliner Freunde mit Zoff und Tratsch, Grabpflege und ihre Haus-Renovierungspläne, über seine Londoner Freundin, deren französische Familie und die Vor- und Nachteile einer Fernbeziehung – Family Talk.

Nach einem weiteren Zwischenstopp bei ihm, den sie auf dem Rückweg von Freunden einlegte, stand schon Sebastians Master-Abschluss an. Inzwischen hatte Karlotta seine neue Freundin näher kennengelernt.

Fisch im Salzmantel

Karlotta traf Claire das erste Mal in einem Londoner Restaurant. Gebannt hatte sie Claires Hand verfolgt, wie sie langsam, langsam das Messer unter die Salzkruste ihrer Forelle schob und diese mit Bedacht zur Seite legte. Die Gabel bewegte den freigelegten Fisch hin und her, hin und her. Über den Teller hinweg sah Claire die Mutter ihres neuen Freundes höflich lächelnd an: »I hope you like the restaurant.«

Ein wenig verwundert zwar, über den starken französischen Akzent, war Karlotta doch recht angetan von der Bereitschaft der Vielbeschäftigten, sich auf einen schnellen Lunch im Bankendistrikt zu treffen – was sie nicht hinderte festzustellen, wie dünn die Oberarme ihres Gegenüber durch die teure, tadellose Business-Bluse schienen.

Sie sprachen über dies und das; die Butzenscheiben des Pubs verzerrten den vorüberfließenden Verkehr. Ja, sie fahre oft nach Hause, im *Eurostar* von London aus, in knapp drei Stunden. Die Eltern besaßen ein Pariser Familienunternehmen, eine bekannte Dessous-Kette, deren Models Karlotta nach Sebastians Hinweis plötzlich aus Zeitschriften und von großen Werbetafeln in Berliner Kaufhäusern anzuschauen schienen. Ja, als junges Mädchen sei sie bisweilen mit ihrem Vater auf die Messen gefahren, hätte sich aber für Finanzmathematik entschieden, das Studium – wie schon die Schule – brillant abgeschlossen und wolle auf keinen Fall in die Firma, das solle ruhig der jüngere Bruder tun. Ihre kleine Schwester käme dafür nicht infrage, die sei zu chaotisch.

Ein Vierteljahr später war diese Chaotin mit ihrem Freund bei Karlotta zu Besuch in Berlin.

»Bitte alle zwei Gästezimmer für die beiden, Mama, nur, falls mal nachgefragt wird – die Eltern sind eben sehr konservativ, aber auch sehr nett und warmherzig. Wenn ich in Paris bin, schlafe ich immer beim Bruder im Zimmer und wir lachen, wenn ich rüber gehe zu Claire.«

Der Freund der kleinen Schwester, siebenundzwanzig wie Sebastian, machte sich lustig darüber, dass die Eltern von ihm nichts wissen durften, weil die kleine Schwester zu jung sei, erst neunzehn! Wahrscheinlich sei er nicht standesgemäß, auch weil er nur einen mittelmäßigen Uniabschluss geliefert hätte. Die beiden Besucher sprachen sehr lieb von Sebastian, fanden ihn interessant und einen wirklichen Kumpel, der erstaunlich gut mit der großen, recht beherrschenden Claire zurechtkam.

Die hatte Karlotta inzwischen ein paar Mal an verschiedenen Orten erlebt, und so fragte sie vorsichtig bei ihren Gästen nach, ob Claire denn ständig überarbeitet sei und deshalb so abwesend wirke. *Nun ja* war keine sehr hilfreiche Antwort.

Im Winter fuhr Sebastian mit Claire und ihrer Familie in deren Ferienhaus. Er berichtete begeistert von den Rhone-Alpen, von langen Touren und Gesprächen mit ihrem Vater und Bruder, während die *Maman* mit den beiden Schwestern wandern ging. Karlotta freute sich für ihn.

Silvester hatten sie wieder einmal das Haus voll, Verwandte, Freunde, viele aus Sebastians Schulzeit dabei. Claire war auch angereist, eine riesige Party. Alle außer ihr trugen Raketen auf den Platz vor dem Haus, reichten Gläser und Pfannkuchen herum. Claire hatte Kopfschmerzen, aß so gut wie nichts, antwortete auf besorgte Fragen mit einem Halbsatz, wandte sich weg, hielt Sebastian immer an der Hand oder lehnte an ihm, auch in den folgenden Tagen. Nur wenn er mit ihr ausging, taute sie auf.

Danach sprach Karlotta ihren Sohn an. Ja, ja, gab er zurück, die Freunde hätten es auch bemerkt, sie ließe ihm schon etwas wenig Luft. Claire sei eben so. Nein, nein, es gebe kein Problem. Das mit der Essstörung hätten ihre Eltern verneint, ärztlicher Rat sei unnötig, unerwünscht.

Beim großen Hochzeitsfest eines entfernten Cousins ein paar Monate später machte Karlotta nur noch schwache Versuche, Claire irgendwie einzubeziehen, denn die hing meist an Sebastians Arm oder schaute halb lächelnd in die Weite, nachdem sie kurz irgendeine Antwort gegeben hatte; nur mit einer bestimmten Art junger Männer ließ sie sich auf ein etwas längeres Flirtgespräch ein. Essenszeiten oder geplante Aktivitäten der Gastgeber waren unwichtig für sie. Sebastian stellte alles als völlig normal hin, wurde auf Nachfragen gereizt. Er meinte, bei der Fernbeziehung, die sie führen müssten, sei es doch nur zu verständlich, dass Claire ihn keine Sekunde mit anderen teilen wolle.

Endlich geschafft: Examen. Nach anderthalb gemeinsamen Urlaubswochen kamen die beiden zusammen nach Boston zur Graduation. Es gab Pomp und Party mit dem üblichen Abschlussstreich der Ingenieure, die in diesem Jahr auf dem Dach der Uni ein Auto zusammengebaut hatten, ein Hybrid-Modell natürlich. Helle Aufregung und polyglotte Begeisterung unter den aus der ganzen Welt angereisten Eltern bei der Vorbereitung zur Verleihungszeremonie. Eine Studienkollegin hatte Claire einen der heiß begehrten Plätze überlassen, von denen aus man den Einzug der Graduierten gut beobachten konnte. Karlotta stand allein da und wartete auf Claire, sah sie schließlich mit zwei Franzosen reden. Sie kamen gerade noch rechtzeitig zu ihren Sitzen.

In den folgenden zwei Tagen streifte Karlotta über den leer gefegten Campusrasen; tiefrot leuchtete ihr das Unilogo von ein paar herumliegenden Kaffeebechern entgegen und von den übrig gebliebenen T-Shirts aus dem Abschluss-Sale im Unishop. Den von ihr verständnisvoll kurz bemessenen Lunch sagte Sebastian eine Stunde vorher ab. Einmal wurde sie von den Eltern seines japanischen Mitbewohners taktvoll gefragt, ob sie sie in ein bekanntes Fischrestaurant begleiten würde; am zweiten Nachmittag wurde sie von der englischen Mitbewohnerin aus seiner WG und deren Mutter ins Museum mitgenommen.

Die amerikanische Kommilitonin, bei der Karlotta gewohnt hatte, sagte beim Abschiedsfrühstück: »Hoffentlich merkt er noch, dass das keine Liaison mit einer freundlichen Panda-Familie ist, sondern mit einem Grizzlybär!«

***

Bei Sebastians nächstem Besuch zu Hause sprachen sie wieder über Claires Tendenzen zur Vereinnahmung, die bis zur Unhöflichkeit gingen. Die Bedenken kamen nicht nur von Karlotta, ein paar Studienfreunde hätten sich durchaus ähnlich, nur sehr viel drastischer geäußert, erzählte er ihr, und dass er sich schon seit einiger Zeit mit

Claire unwohl fühle. Nach einer durchdiskutierten Nacht mit seinem besten Freund beendete er die Beziehung, bevor er nach New York flog, um seinen ersten Job anzutreten.

Genau wir damals bei Claire! Du bist einfach unerträglich – und überhaupt, du hast noch nie eine Freundin von mir leiden können!
Zwei Jahre und eine Freundin später hatte Sebastian Karlotta mit diesem Vorwurf an die Suchmaschine getrieben. Ihre spontane Reaktion war sofortige und totale innere Abwehr: Wie absurd und verkürzt und ungerecht von ihm! Und wie kam er auf so etwas? Wie meinte er das überhaupt?
Dann hatte es weiter in ihr gebohrt – war sie am Ende wirklich egoistisch, eifersüchtig, kurz gesagt: ein klammerndes Muttermonster?
Nach der *Klammer-Mutter* gelangte Karlotta über das Stichwort *Trennungsängste* zu *Mamiweb*. Dort wurde ein in der Tat unerträglicher, alles verschlingender Übermutter-Typus entworfen, der unweigerlich zu einem kindlichen Desaster von verzweifelten Abnabelungsversuchen führen sollte, was im Gegenzug wiederum zwangsläufig den Zusammenbruch der mütterlichen Welt nach sich ziehen sollte …

Hilf Himmel, das konnte auf keinen Fall das richtige Stichwort für sie sein!

Das war alles viel zu weit entfernt von ihrem Selbstbild, von ihrer Aktive-Pensionärin-Welt. Das traf überhaupt nicht die Wirklichkeit ihres Lebens, das ausgefüllt war mit Ehrenämtern und Nachhilfestunden, mit Sport und mit Freundeskreisen, Haus und Garten, Übersetzungen und Workshops, Reisen und kulturellen Freuden. Dass sie sich trotzdem, wie angeblich fast alle Mütter, ein Leben lang an ihren Sohn klammern würde, erschien ihr auch dann nicht zutreffender zu werden, als die Links weiterverwiesen auf den freudianischen Zusammenhang mit dem Ödipuskomplex!

Was waren also die Gründe für ihr Unbehagen? Was klang mit in Sebastians Satz? Was ließ sie weiter suchen, weiter grübeln und dann wieder klicken?

Gespräche über Gott und die Welt und ihrer beider Probleme waren für Karlotta immer die selbstverständliche Form ihres vertraut-familiären Umgangs miteinander gewesen, und das nicht erst in den letzten sieben Jahren seit dem Tod von Nikolaus. Auf einmal wurde der Austausch jedoch zunehmend schleppend, komplizierter, Sebastian verweigerte das klärende Gespräch – und das Schlimmste dabei war: Karlotta schien den Punkt verpasst zu haben, an dem seine Abwendung begonnen hatte. Karlotta hatte nur einige vorsichtige Ahnungen.

Allgemeine Verunsicherung

Ist es, weil Krankheit und Leid doch am Ende zu
viel waren,
– dass du nun plötzlich verstummst?
Ist es, weil nichts mehr so einfach war wie
Schule, Sport und Musik,
weil deine Eltern dir alle Wege geebnet haben,
während du auf Abhängen klettern wolltest,
weil du uns stets Freude gemacht hast
und das gar nicht wolltest
  dass du plötzlich nichts mehr sagst?

Ist es, weil deine Freundin zu oft zu dir sagt:
Ohne mich!
– dass du plötzlich nichts mehr sagst?

Ist es, weil deine Chefs dich so selten lassen,
wie du willst,
weil die Kollegen besser wissen wer und wie,
die Profs nicht den Job hatten, den du suchtest
und dein Examen dir nicht die Welt eröffnete,
die du suchtest
– dass du plötzlich nichts mehr sagst?

Ist es, weil deine Mutter so vieles miterlebt hat,
allzu genau hingeschaut hat,
mit dir über zu vieles geredet hat, immer zu viel
kommentiert hat,
glaubt dich besser zu kennen als alle anderen
und immer ehrlicher zu dir war als alle anderen
– dass du dich plötzlich umdrehst und gehst?

***

Es hatte nicht etwa gleich mit der neuen Freundin begonnen. Er hat die blonde, deutsche Marketingfrau Erika aus Köln-Nippes auf einer New Yorker Party getroffen. Sie sah gut aus, schlank und groß, sogar ein von Sebastian empört abgestrittenes Stückchen größer als er. Mit Freuden bemerkte Karlotta gleich beim ersten Treffen ihren guten Appetit. Trotz Modelmaßen und Sebastians lachender Proteste konnte sie es nicht lassen, sich auch noch die besten Stücke von seinem Teller einzuverleiben; wie Karlotta später bemerkte, hatte sie diese Angewohnheit wohl von ihrer Mutter geerbt.

Erika kam mit Mutter und Vater über den Jahreswechsel nach Berlin, Karlotta verbrachte einen Sommertag bei Erikas Eltern und den zwei asthmatischen Chihuahuas. Der Umgangston war harmlos freundlich, Erikas Mutter und Karlotta telefonierten ab und zu.

Als die Berichte von Erikas Mutter über Streitereien zwischen ihren beiden Kindern sich häuften, wiegelte Karlotta flapsig ab, dass sie sich nicht wie bei keifenden, Haare zerrenden Dreizehnjährigen einmischen sollten, sondern getrost auf die Erfahrung ihrer zwei Dreißigjährigen vertauen könnten. Dass Erikas Erfahrung wahrscheinlich nachhaltig geprägt war von der Beziehung mit ihrem ehemaligen Verlobten, der die Verbindung auf Druck seiner Eltern gelöst haben soll, wurde Karlotta erst sehr viel später geflüstert ...

Karlotta fiel Sebastians allmähliches Verstummen paradoxerweise zunächst bei den messerscharfen Wortgefechten zwischen ihm und Erika auf. Bei einem kurzen Besuch in New York erlebte Karlotta selbst ungeschminkt mit, wie sehr Erikas Mutter noch untertrieben hatte. Szenen, in denen sie sich beschwichtigen hörte: »Man kann sich doch mal irren in der Adresse, kein Grund beleidigt zu sein.« Oder: »Ob es die besten Wohnungen, Verkehrsverbindungen oder sonst was in Manhattan oder in Brooklyn gibt, das hat doch nichts mit Bevormundung zu tun, hört auf damit«, waren an der Tagesordnung. Die Stimmung kippelte fast immer explosiv, dazwischen auch resignativ von Sebastians Seite aus. Karlotta ertappte sich dabei, dass sie es vorzog zwei Stunden im Museum allein zu genießen, statt einem Gemetzel mit anschließender eisiger Stille beizuwohnen, bei einem Dinner zu dritt.

In alter Gewohnheit versuchte sie mit Sebastian zu reden, zeigte ihm ihre Sicht, fragte nach seiner und gab schließlich zu bedenken, wie reduziert er auf sie wirke. Sie zählte auf, worüber sie in den vergangenen anderthalb Jahren gestolpert war: Erikas immer harscher werdender Zurechtweisungston, der absolute Vorrang ihrer Vorlieben, Planungen, Umzüge für ihre verschiedenen Jobwechsel, ihre fast trotzige Weigerung seine kulturellen oder intellektuellen Interessen zu teilen, ihre harten Urteile über seine alten Freunde. Kurz: in letzter Zeit erschiene er ihr immer mehr auf Rückzug bedacht, brauste aber gelegentlich und dann wenig nachvollziehbar auf.

Sebastian verstand ihre unguten Gefühle zum Teil, meinte aber, das würde alles schon noch werden. Also Schneckenhaus.

Am Nachmittag bevor Karlotta zurückflog, sprach sie allein mit Erika das ständige Hickhack an und dass die Art, wie sie beide so unerbittlich aufeinander losgingen, sowohl ihrer Mutter als auch ihr als sehr ungut aufgefallen sei. Ihre generellen Bedenken behielt Karlotta für sich. Erika reagierte mit: »Ich rede doch nicht mit *dir* über *meine* Beziehung«, gefolgt von sofortigem Rückzug ins Schlafzimmer und obwohl Karlotta es noch versuchte, kam ein Gespräch zwischen ihnen nicht mehr zustande.

Sebastians Anrufe wurden seltener, sein Schweigen tiefer, und bei seinem nächsten Besuch zu Hause in Berlin fiel der Satz, der Karlotta seitdem immer weiter nachforschen ließ. Und seit sie dabei auf einen bestimmten Eintrag gestoßen war, schlich eine Befürchtung um ihren PC herum; in jedem weiterführenden Link lauerte sie auf Karlotta: die Angst, nicht nur übersehen zu haben, dass ihr Vertrauensverhältnis schon lange nicht mehr bestand, sondern auch, dass Sebastian in Wahrheit längst dabei war, ihr nicht nur innerlich den Rücken zu kehren.

Karlotta glaubte sich auf einmal zu erinnern, dass Sebastian schon einsilbiger geworden war, nachdem im Jahr zuvor sein Anteil am Haus notariell bestätigt wurde und dann, nachdem sie seine, ihrer Meinung nach falsche und verletzende Behauptung angesprochen hatte, sie habe sich selbst zu seinem dreißigsten Geburtstag eingeladen. – Ja, seit etwa der Zeit war Sebastian bei Anrufen immer belangloser und abwimmelnder und sein Schweigen immer länger geworden. Das hieß, sie gehörte längst zu ihr, zur Gruppe *Verlassene Eltern Dotcom*.

Deshalb machten sie deren Webseiten so betroffen!

Forum Verlassene Eltern Dotcom

Mutter Karin:
Meine Tochter, fünfundzwanzig Jahre, hat seit nun fast zwei Jahren den Kontakt zu uns abgebrochen und mir sind ihre Beweggründe immer noch völlig unklar. Es ist sehr, sehr schwer, damit

zu leben. Ich bin in Therapie, auch aus dem Grund, weil meine Tochter suchtkrank ist und ich mich um ihre Gesundheit sorge und selbst an Depression erkrankt bin. Angelika, wenn du dies lesen solltest, bitte melde dich! Dein Vater und ich wollten dir immer einen guten Grundstock fürs Leben geben. Sicher haben wir Fehler gemacht, aber sage sie uns, bitte. Bitte, gib uns die Gelegenheit zu hören, was wir und wie wir jetzt noch etwas ändern könnten.

Mutter Brigitte:
Die Worte an Ihre Tochter haben mich tief bewegt. Auch ich (so wie alle anderen Eltern wohl auch) liebe meine Tochter über alles und muss nun damit leben lernen, ihren schweigenden Weggang zu akzeptieren und in Liebe loszulassen. Doch die Hoffnung bleibt wohl; man kann nicht richtig abschließen, weil das Kind ja noch lebt. Solange die Kinder leben, solange besteht wohl Hoffnung, dass sie wieder auftauchen und reden.

Mutter Mariam:
Auch ich habe meinen Sohn über alles lieb, immer noch, aber ich muss seine Entscheidung akzeptieren. Mein Mann sagt, er habe einfach einen schlechten Charakter und das sei nicht unsere

Schuld. Doch in meinem Herzen bleibt er immer mein Sohn und meine Tür ist immer offen für ihn. Inzwischen muss ich aber weiterleben und auf mich achten. Es tut so weh! Dieser Schmerz übertrifft alles; nach langer Verstocktheit ist er ist einfach aus unserem Leben verschwunden – was immer noch ein Tabuthema in der Gesellschaft ist. Mein Sohn wuchs wohlbehütet und in Liebe auf, aber trotzdem sind da diese Schuldgefühle: Was habe ich falsch gemacht? Gab es Auslöser, Anzeichen, die ich nicht bemerkt habe?

Vater Andreas:
Solange unsere Kinder nicht in der Lage sind, mit uns darüber zu sprechen, müssen wir wohl erst mal alleine weiterkommen und für uns selber reflektieren. Ich hoffe nur, mein Sohn kann mit dieser Entscheidung glücklicher leben und es quält ihn nicht so sehr wie mich und es geht ihm besser damit. Sind wir Eltern denn schlimmer als die Verbrecher, die morden oder vergewaltigen, nur weil wir Euch angeblich zu sehr lieben und Euch behüten wollten? Es tut ganz verdammt weh! Ich habe ihn nie körperlich verletzt und so weit ich weiß auch nie mit Worten, ich wollte nur das Beste. Jetzt bist Du fort und es fühlt sich an, als wärst Du tot, obwohl du lebst.

Mutter Gerda:

Lieber Andreas … mir geht es ähnlich. Ich dachte immer, das sind Einzelfälle, aber wenn ich das hier lese bin ich geschockt, denn mir geht es genauso. Meine Tochter hat in einer Nacht- und Nebelaktion das Haus mit ihrem Freund verlassen. Achtzehn Jahre war ich für sie da, weil ihr Vater nie Zeit für sie hatte. Wir haben uns alles erzählt, alles zusammen unternommen. Und dann das, ohne einen ersichtlichen Grund. Sicherlich gibt es einen Grund, sonst wäre sie ja nicht gegangen, aber ich kenne ihn nicht. Ihr Freund hat mir zu verstehen gegeben, dass sie zu *so einer Person wie mir* keinen Kontakt wollen, sonst würden sie noch weiter wegziehen. So eine Undankbarkeit ist unfasslich für mich.

Tochter Alice:

Tut bloß nicht so harmlos! Es muss doch irgendwas vorgefallen sein. Grundlos bricht kein Kind den Kontakt zur Mutter ab. Was immer es auch gewesen ist, du kannst sie nur ziehen lassen. Versuche trotzdem ihr zu signalisieren, dass deine Tür immer für sie offen steht. Du musst versuchen, dein Leben ohne sie zu leben. Hast du Hobbys, Freundinnen, einen guten Partner?

Tochter Barbara:

Bitte nicht zu viel Mitleid mit den Eltern! Kein Kind macht sich die Entscheidung leicht, den Kontakt zu den eigenen Eltern abzubrechen! Aber es gibt Momente, in denen man sich für das kleinere Übel entscheiden muss, um dem größeren zu entgehen und sich zu schützen. Genau das tue ich seit zwei Jahren, es schmerzt und befreit zugleich! Endlich gibt es in meinem Leben keine Unverschämtheiten mehr, bloß weil jemand sich Mama und Papa nennt!

Sohn Hagen:

Ich kann das Gejaule von verstoßenen Eltern nicht mehr hören! Ich kenne nur welche, die zu viel oder gar nicht reden. Also lieber fliehen. Das hab ich dann auch vor fünf Jahren gemacht. Hat mir sehr gut getan. Und wie ich höre, haben meine ach so lieben Eltern sich ganz gut arrangiert ohne mich. Also nicht alles glauben!

Opa Heinz:

Liebe Leute, sorry aber ist es nicht unsere Aufgabe als Eltern, unsere Kinder an das Erwachsenenleben heranzuführen, an die notwendige Selbstständigkeit? Damit ist unsere Aufgabe doch eigentlich erfüllt. Wieso also herumgreinen, wenn unsere Kinder mit ihrer Ablösung vom Elternhaus zeigen, dass wir unserer Aufgabe gerecht geworden sind? Heult nicht, überwindet endlich mal euer *Empty Nest Syndrom* – die Kleinen sind eben flügge geworden!

***

Das Forum war nach einiger Zeit plötzlich erloschen. Die süddeutsche Selbsthilfegruppe *Verlassene Eltern*, die es ins Netz gestellt hatte, wollte für den immer ausfallender werdenden Ton nicht mehr zeichnen, hieß es, und legte den Usern nahe, eine der vielen bestehenden Selbsterfahrungsbeziehungsweise Selbsthilfegruppen persönlich aufzusuchen.

Und wenn Karlotta selbst ein Forum gründen würde, vielleicht einen Blog oder Twitter Account unter demselben Schlagwort? Bisher war sie im Social Network noch nicht aktiv. Auch wenn sie nun bereit war herauszutreten, aus der schützenden Eindimensionalität ihres nächtlichen Bildschirmleuchtens, hieß das auch, dass sie wirklich bereit war sich eine zweite Existenz zuzulegen, in der sie ihre persönlichsten Probleme und drängendsten Fragen zwitschern und auf ReTweets warten würde? Bis jetzt hatte sie immer ihre Zweifel gehabt, ob das eine Kommunikationsform war, die ihr liegen würde.

Doch nun wollte sie die Heimlichkeit ihrer einsamen Suchmaschine überwinden. Facebook und Co würden ihr helfen können, ihre bislang einseitige Ratsuche aufzugeben …

Aber nach einer Woche des Accountanlegens, des Einloggens und Gesprächsfetzen in der Community verfolgen, kam Karlotta zu dem Schluss: *Ich bin nicht die Frau, die ihre Cyberidentität mühelos auf die Wirklichkeit übertragen kann. Vielleicht gehe ich doch lieber einmal in eine der Berliner Selbsthilfegruppen. Vielleicht kann ich dort Menschen finden, die am Anfang ähnliche Konflikte mit ihren erwachsenen Kindern hatten. Vielleicht kann ich in ihren Augen oder in ihren Gesten etwas Erhellenderes entdecken als in den screenigen Selbstdarstellungen, denen ich wahrscheinlich schon aus Altersgründen nicht so richtig traue … Und vielleicht, wenn ich genau hinhöre und intensiv nachfrage, erfahre ich mehr darüber, was es gewesen sein kann, das zum Abbruch der Beziehung geführt hat, oder wie es andere geschafft haben, das endgültige Aus zu vermeiden.*

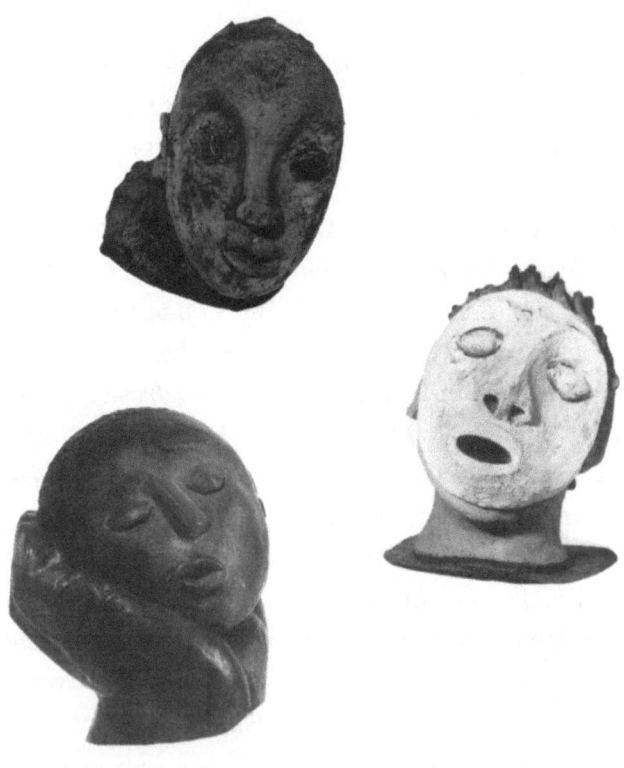

Köpfe
Sigrid Hacker, Ton, 1994

Gespräche unvermittelt Verstoßener

Nach ein paar E-Mails und Telefonaten mit der Organisatorin der Berliner Selbsthilfegruppe *Verlassene Eltern* saßen sie sich gegenüber.

»Ich bin Annerose, schön dass du eingewilligt hast, mich erst mal allein zu treffen – wir sind jetzt fünfzehn, die Gruppe ist eigentlich voll.«

Sie hatten sich in der Mitte zwischen ihren Wohnorten getroffen, im Kreuzberger Café *Alsancak*. Mit offenem Lächeln war die Koordinatorin auf Karlotta zugekommen, groß, warme Augen und ein Teint, der ihre sechzig Jahre unglaublich erscheinen ließ.

Karlotta fühlte sich an dem Tag besonders mickrig, müsste dringend zum Friseur, hatte lausig geschlafen, verquollene Augen und nun sollte sie auch noch ihr Innerstes neben Getränkekarte und Blümchen im Väschen auf diesen Marmortisch legen.

… Fluchtgedanken.

Hinten in der Ecke beugten sich zwei junge Frauen über einen Kinderwagen, die kopfbetuchte zupfte an der Decke. *Diese beiden werden sicher niemals unsere Probleme haben*, schoss Karlotta ein neidisches Klischee durch den Kopf …

… Fluchtgedanken.

»Ich habe einen Apfel-Tee genommen, zum Aufwärmen bei dem Wetter. Der Herbst kommt früh in diesem Jahr, oder? Magst du auch einen? Und bevor mein Sesamkringel aus dem Ofen kommt, lass mich gleich mit der Tür ins Haus fallen: Du bist nicht die Einzige, die einfach stehen gelassen wird. Brauchst überhaupt nicht zu denken, dass du ja ein schreckliches Mutter-Monster sein musst, wenn dein Kind sich abwendet, nichts mehr von dir wissen will, denn dann wären wir eine riesige Gruppe von unerträglichen Monstern. Also, nur weil so wenige ehrlich darüber reden, heißt das noch lange nicht, dass alle Eltern außer dir glückliche Eltern mit engen Familienbanden sind. Wir sind alle mittendrin in ganz ähnlichen Geschichten.«

Nicht geflohen ... Nach zwei Tees mit erstaunlich schnellem Verlassen des Plauderrituals und Beginn eines sich vorsichtig öffnenden persönlichen Austauschs sagte Anni: »Ich denke, du würdest ganz gut in die Gruppe passen. Nächsten Monat zieht ein Elternpaar weg. Willst du Dienstag in vier Wochen kommen?«

Will sie.

Als Karlotta vom ersten Treffen nach Hause kam, überfielen sie wieder Fluchtgedanken. Das würde sie sich nicht alle vier Wochen antun. Zwei Elternpaare, zwei Väter, acht Mütter plus Anni: eine eingeübte Gesprächsrunde mit Anknüpfen an altes, allen bekanntes Leid. Immer klang Verständnis bei den Nachfragen mit, immer Verbitterung bei den Antworten.

Karlotta war mit ihren sechsundsechzig Jahren im oberen Altersdrittel; sie brauchte nichts zu erzählen, konnte nur zuhören, aber fiel schon allein dabei immer tiefer. Erschüttert fragte sie sich: *Gibt es da draußen nur entsetzlich rücksichtslose Kinder und nur zerbrochen zurückgelassene Elternteile? Warum sind mir alle beide nie vorher begegnet? Wie blind war ich denn nach außen – und was habe ich mir innerhalb meiner eigenen Familie vorgemacht? Wo ist der Knacks, den ich bei meinem fröhlichen Kind nicht gesehen habe, wo hat der Ausstieg bei meinem erwachsenen Sohn begonnen? Wo ist der Sprung in meinem glatten Spiegel der Erinnerung?* Die schroff-sarkastische Äußerung eines Vaters in der Gruppe hallte in ihr nach: »Das kriegen doch schon die Kleinen im Kindergarten beigebracht: *Ene, mene, muh, und raus bist du!* Raus und weg mit dir, du zählst nicht mehr und mit dir redet keiner mehr!! Erst bist du selber *raus* und dann ist es eben dein alter Vater, den du einfach stehen lässt, den du ausgezählt hast!«

Auf einmal musste Karlotta lachen. Ihr fiel eine Szene ein, nicht aus ihrer Familie, sondern eine, die sie im vorletzten Sommer zusammen mit einer Freundin erlebt hatte. Die wollte sie beim nächsten Gruppentreffen erzählen. Es wäre doch interessant, die anderen dazu zu hören …

Ene, mene, muh

Unwillkürlich sind sie damals stehen geblieben: »Lustig, hör mal«, hat Karlottas Freundin mit schief gelegtem Kopf gefragt, »habt ihr das früher auch gemacht?«

»Klar doch, aber dass es das immer noch gibt – komm wir setzen uns da ein bisschen rein«, gab sie zurück. »Sightseeing geht in die Beine«.

Zwischen Galerien, Schokoladen-Manufaktur, Bio- und Secondhandläden steht auf breitem Kopfstein-Trottoir zwischen den wunderschön sanierten Altbauten ein Fahrradständer, hohe Bäume und Gebüsch umfassen den Holzbogen mit der Aufschrift *Garten-Café*. Sie haben sich Holzstühle an einen Tisch mit zwei jungen Männern geholt, der eine ein Baby auf dem Schoß, Buggy mit den ausgezogenen Söckchen neben sich, der andere den Blick Richtung Wiese und Riesensandkasten, Ball zu seinen Füßen.

Was gibt es zu trinken? Am runden Kiosk in der Ecke des halb verwilderten, wuseligen Grundstücks ein schneller Blick auf die Tafel: *Ronja-Schokolade, Pippi-Waffeln mit Kirschen, Hotzenplotz-Eis* und was ist denn bitte *Baby-Latte*? Der Blick des Teenagers an der Ausgabe drückte so etwas aus wie *Schon lange nichts mehr für Sie*, als er sagte: »Das ist Milchschaum mit einem Tropfen Kaffee nur für die Farbe, für stillende Mütter. Aber wir haben auch Cappuccino!«

Zurück am Tisch springt gerade der eine Vater auf. »Gregor, na, was ist denn?«

Sein etwa Fünfjähriger kommt ihm völlig verheult entgegen: »Sie hat das schon wieda gemacht. Ich daaf nich mitspieln, sie zählt immer ab und ich bin wieder raus.«

»Aber das ist Zufall.«

»Ga nich, die mag mich nich!«

»Na, und was sagen die anderen?«

»Ga nix, die dürfn ja mit verstecken.« Langer, verrotzter Schluchzer, Vater und Sohn sitzen jetzt zusammen auf dem Stuhl.

Karlottas Freundin will vom tiefen Jammer ablenken: »Du, sag mal, was ist denn eigentlich ein Hotzenplotz-Eis?«

Statt einer Antwort nur ein altersunspezifisches Verkriechen an Papas Schulter.

Nach verständnisvollem, fragenden Blick auf den Vater: »Magst du vielleicht eins?« kommt es von dem zurück: »Ach danke, mal sehen, später. Aber Gregor muss lernen damit fertig zu werden. Ich weiß, die Mendy kann ganz schön biestig sein, aber er muss das managen! Am letzten Wochenende hat sie das auch gemacht, hat ihn nicht mitspielen lassen, bei nichts. Er war völlig out.«

Bestätigungsschluchzer.

»Da muss es doch einen Grund geben!?«, schaltet sich der Babyvater ein, »das macht sie doch nicht einfach so. Kinder können vielleicht grausam sein, aber sie haben auch ein feines Empfinden für Fairness. Du hast sie bestimmt geärgert, Gregor?«

»Gaa nich, die sacht bloß, ich stör, ich bin noch so klein, aba stimmt ga nich, kann ich alles. Und Anton is viel kleiner.«

»Nun, jetzt bleibst du einfach ein bisschen hier.«

Es folgt ein allgemeines, neutralisierendes Gespräch am Tisch. Die beiden Väter antworten auf die Fragen ihrer Tischgenossinnen nach Lebensgefühl und Wohnqualität im Kiez. Die Freundin weiß, dass *Prenzlauer Berg* noch 1994 vom Schriftsteller Stefan Heym das *Armenhaus*

Deutschlands genannt wurde – auf sie als Berlinbesucherin wirke das heute am Kollwitzplatz noch unglaubwürdiger als damals. Das habe aber nichts mit Gentrifizierung zu tun, wenden die beiden Väter ein, sie selbst seien noch Bewohner der ersten Stunde. Gleich nach dem Mauerfall aus Westberlin hierher gezogen, hätten sie erst alles selbst renoviert, Anträge gestellt zur Haus- und Straßensanierung und später, nach Studienabschluss und Job, sich dann hier gleich eingekauft. Idealer Platz um Kinder großzuziehen, neulich habe es in einer Zeitung geheißen, sie hätten die höchste Geburtenrate Deutschlands hier. Deutschlands! Die eine Schwiegermutter hätte das gar nicht verstehen können, sie fand diesen Kinderzentrismus im ganzen Kiez nicht gut; künstliche, homogene Welt, da lernten die Kleinen doch gar keinen Widerspruch. Nun ja, wenn's ihr nicht gefällt, braucht sie ja nicht zu kommen, Gott sei Dank gebe es hier genug Babysitter.

Nun rutscht Gregor von Papas Schoss.

»Weißt du – wenn sie dich nicht mitmachen lässt, sagst du einfach, dass jetzt jemand anders dran ist mit Auszählen. Das Dorle zum Beispiel. Du wirst sehn, gleich bist du wieder drin!«

Strahlendes Lächeln beim Zurückschauen zu Papa auf dem Weg zum Sandkasten.

Die beiden Freundinnen verabschieden sich von den Vätern. Unter dem Holzbogen klingt es schwäbisch zu ihnen herüber: »Dubbe, denne, bembio, und du bischt duss!«

Dann Gregors Gebrüll: »Du bis gemein! Warum bin ich raus? Du bis ja sooo gemeihein!«

***

Der Vater, der in der letzten Sitzung das Raus-Sein thematisiert hatte, fühlte sich durch Karlottas Geschichte bestätigt. Ziemlich wütend bekräftigte er noch einmal, in dem Kinderreim stecke in der Tat eine selbstverständliche Grausamkeit, vielleicht sogar Konditionierung zum Ausgrenzen. Eine der Mütter fügte hinzu – Westentaschen-Psychologie hin oder her –, ihr Töchterchen sei auch so ein furchtbar oft ausgezähltes Kind gewesen und sie hätte sich damals auch ohnmächtig gefragt, ob solch ein Spiel nicht die Bereitschaft vorbereiten könnte, Außenseiter zu schaffen und damit auch eine Art des *Survival of the Fittest* einleiten würde.

Eine andere Mutter warf den Gedanken ein, ob dieses immer häufiger auftretende Den-anderen-

einfach-Stehenlassen auch eine Folge der Über-
forderungen sein könnte, denen die Generation
ihrer Kinder ausgesetzt seien. Eine echte Auseinandersetzung zu führen, wäre für viele jüngere
Menschen einfach zu anstrengend und zu zeit-
aufwendig.

In der langen S-Bahnfahrt nach Hause dachte
Karlotta daran, dass sie Sebastian und Erika früher dabei beobachtet hatte, wie sie sich ziemlich
erschöpft in einem Geflecht von absoluter Ver-
fügbarkeit für ihre Jobs und schnellen Selbstver-
wirklichungsriten im Privaten verfingen. Arbei-
ten bis zweiundzwanzig Uhr, dann schnell Sau-
natreff, Rückmail vom auswärtigen Chef am
Samstagmorgen mitten in den Zusammenruf der
Freunde zum Brunch oder Wochenendtrip, darauf
schnell wieder Verschiebungsmails hin und her.

Karlotta fand, dass ihr Bestreben, jederzeit mit
der ganzen Welt verbunden sein zu wollen und
zu müssen, bei den beiden zu Erwartungen und
Denkmustern geführt hatte, die sie nur dann ver-
bindlich und weniger ungeduldig auftreten ließen, wenn sie umgehende Antworten und Lösun-
gen bekommen konnten. Das hatte Karlottas Unbehagen gegenüber dem *Global Social Network*
noch verstärkt.

Genervtes Abhaken statt kommunikationsbereites Argumentieren, so erlebte Karlotta ihren Sohn seit Längerem – wenn sie ihn denn einmal traf. Noch einmal nachzufragen, die Probleme und Schwächen des Gegenübers anzuhören, um zu verstehen und verstanden zu werden, das erforderte offenbar einen zu hohen, zu bedrohlichen Grad an Verbindlichkeit und auch Konfliktbereitschaft. Hieß das, es wandten sich immer mehr erwachsene Kinder lieber gleich ganz ab, verweigerten die Kommunikation schlichtweg? Während des vergangenen Jahres hatten sich allein mit Annis Hilfe zwei neue Parallelgruppen gebildet; warum gelangte das Thema dann nur so zögernd in die Öffentlichkeit?

Oder, grübelte Karlotta, sah sie das zu überzogen?

Aber sie wollte ja viel fragen und viele Antworten hören, eigene Erfahrungen und die anderer sammeln, einordnen, übertragen, wollte typische Kennzeichen suchen, die sich zu einem Verhaltensmuster zusammenfügen lassen könnten ... das sie durchbrechen wollte.

Sie wollte ihren Sohn nicht verlieren!

Also weitermachen.

Mitunter waren die Geschichten der Abkehr, die Karlotta in der Gruppe zu hören bekam, weit weg von ihr, dann wieder kamen sie bedrängend nahe, wie der Brief, den ein Vater vorlas, bevor er ihn abschickte. Doch sie konnte jede einzelne der geschilderten Erfahrungen schmerzlich genau nachempfinden.

Mein lieber Sohn

In unserem Motto für den Umgang mit dir – *Deine Eltern sind die einzigen Menschen auf der Welt, die absolut ehrlich zu dir sind, denn sie wollen nichts VON dir, sondern nur das Beste FÜR dich* – musste es seit Mamas Tod heißen: *Dein Vater ist der Einzige ...* und das war gar nicht leicht für uns beide. Wir haben uns oft gefragt, wie Mama dies oder jenes sehen oder bewerten würde.

Weißt du noch, dein Wunsch nach der Schule gleich ins Ausland zu gehen? Nicht, weil es die halbe Klasse so machte, sondern weil du dieses ganz besondere Praktikum gefunden hattest. Auch wenn ich nicht gerade die Witzfigur eines gluckenden Vaters abgeben will, ich habe mich ziemlich zurückgelassen gefühlt! Aber ich habe dich bestärkt, weil wir beide wussten: Mama hätte das auch getan. Weißt du noch, wie wir uns über dein mangelndes Interesse an Haushaltsangelegenheiten und Finanzen gestritten haben? Oder über die von dir beklagte, nicht auszuhaltende Anhänglichkeit, kleinstädtische Perspektive und Kleinbürgerlichkeit deiner ersten Freundin? Ich merkte erst im Verlauf unserer Auseinandersetzung, wie viel dir persönliche Freiheit und Entscheidungsspielräume wert sind und dass du dich mitnichten von Gleichaltrigen hattest leiten lassen. Darüber habe ich mich gefreut und auch, dass du mir genauso die Wahrheit gesagt hast wie ich dir. Zum Beispiel über meine gelegentlichen Anfälle von Aufräumwut und über meine vielen Bierflaschen und den falschen Freund! Das alles hat mich letztlich doch irgendwo stolz gemacht. Wir haben uns viel Unverblümtes gesagt. Wir waren ein gutes Team.

Seit den fast zwei Jahren, in denen du nun mit der ersten Frau, mit der du jemals zusammengezogen bist, und mit neuem Job nach Frankreich gegangen bist, hat sich das völlig geändert. Anfänglich haben wir noch viel geskypt und du hast über Land und Leute, deine Ansichten von der neuen Umgebung und auch über euer Zusammenleben gesprochen. Dann schlich sich auf einmal in unsere Unterhaltungen immer öfter eine Wendung von dir ein, die mich zunächst erstaunt hat und die ich allmählich nicht mehr hören konnte: »Freunde von uns ...« Egal, ob ich die in meinen Augen auch für dortige Verhältnisse ziemlich hohe Miete ansprach oder den Druck in deiner Firma, die Frage, ob du in Französisch weitergekommen bist, oder wie ihr das Essen so findet – es hieß immer häufiger: *Freunde von uns haben gesagt, haben das auch so gehört ... tun das auch nie, tun das auch immer ...*

Als ich dich dann das erste Mal besuchen kam, war ich sehr gespannt auf diese neue Instanz in deinem Leben. Ich habe sie nicht kennengelernt. Neue Freunde von Mitte dreißig und der alte, wenn auch perfekt Französisch sprechende Vater, das ging wohl einfach nicht zusammen. Was ich kennengelernt habe, war eine unerbittliche Herumstreiterei zwischen deiner Freundin und dir. Wie Hund und Katze gingt ihr ständig aufeinander los, wobei du meistens als der geprügelte Hund zurückgeblieben bist. Ich habe dich nach dem Warum gefragt, versucht zu dir durchzudringen, war dabei sicher in der Wortwahl etwas zu deutlich. Sorry, ich habe noch in unserer alten Form des direkten Diskurses gelebt. Du hast ihn nicht aufgenommen, sondern geantwortet: »Freunde von uns haben auch gesagt, das ist nun mal so bei Expats; einer meiner Freunde hat schon auf den gepackten Koffern gesessen und jetzt ist er verheiratet.« Seit wann würgst du Gespräche mit Allgemeinplätzen ab? Dann trafen wir doch zufällig einen dieser *Freunde von uns* in einem Restaurant. Ich weiß aber nicht, ob er zu deiner Orientierungsgruppe gehört, denn er blieb an seinem Tisch sitzen und grüßte nur kurz herüber.

Seit dem letzten Jahr hast du meine Versuche, mich mit dir über dein oder auch mein Leben auszutauschen – wenn du sie überhaupt angenommen hast – fast immer nur knapp beantwortet: »Freunde von uns sagen immer …« Du hast wohl genügend neue Freunde hinzugewonnen, da brauchst du die alten Gesprächsformen und Inhalte offenbar nicht mehr. Und verheiratet bist du inzwischen ebenfalls. Da hast du wohl emotional voll angedockt, da brauchst du alte Familiengefühle für deinen seelischen Haushalt nicht mehr. Rufst du deshalb seit fast einem Jahr gar nicht mehr an und auch nicht zurück?

Tief betroffen und verwirrt, aber trotzdem in der Hoffnung, dass es dir, dass es euch gut geht und ich irgendwann wieder von dir höre,

Dein dich liebender Papa

Überläuferin

Der Geruch nach *Grüner Apfel* trägt Edith zurück ins Krankenhaus. Ihre Kleine hatte ihn bei allem haben wollen: ihrem Shampoo und der Seife oder in den Kleidern ihrer Barbiepuppe; er besänftigte die scharfen Desinfektionsmittel ein wenig. Gedankenverloren legt Edith die neue Tube Duschgel und das Sonderangebot Zahnpasta plus Gästezahnbürste vor den Spiegelschrank.

Wie tapfer Julchen gewesen war, bei all den Infusionen und Tabletten während ihrer Chemotherapien. Sie hat nicht viel geweint, aber ihr erschöpfter Blick tat viel weher.

Jetzt noch den Käse und die Butter in den Eisschrank.

Mit dem Essen war es zeitweise sehr schwierig. Die Wellen der Leukämie überspülten jeden Appetit, die kindliche Lust am Probieren. Edith hatte sich so intensiv ins Kochen gestürzt, wie seit Beginn ihrer Ehe nicht mehr, als ihr frisch verliebter Mann ihr sorgfältig zubereitetes Abendessen wie einen weiteren Liebesbeweis genossen hatte. Er war nicht verwöhnt und später auch mit ihrer schnellen Schichtdienst-Küche zufrieden. Überhaupt nahm er ihre Konzentration auf die kranke Tochter mit bewundernswerter Ruhe hin.

Dass er sie und die Kleine plötzlich verließ, hatte wohl eher mit ihrer Überforderung durch die neue Arbeitsstelle plus Julchens Krankheit zu tun ... oder mit ihrer großen Gewichtszunahme oder mit dieser neuen Frau – oder vielleicht mit allem. Sie könne das alles als Krankenschwester besser vertragen, sagte ihr Mann einmal, schon aus Berufung, die habe er eben nicht, er könne das Leid bald nicht mehr sehen. An Julchens viertem Geburtstag fand sie nach ihrer Nachtschicht seinen leeren Kleiderschrank vor.

Die Blumen brauchen heute endlich Wasser.

Das Sonnenlicht bricht sich im Blumenfenster, ein Strahlenkranz taucht die polierten Benjaminblätter und die lila-weißen Orchideen in ein prächtiges Spätnachmittagsleuchten. – Vielleicht ein Motiv für die Malstunde?

Er hatte für Julchen einen bunten Strauß aus Süßigkeiten und Strohblumen bei den Schwestern abgegeben, in dem ein kleiner Teddy steckte. Die Kolleginnen waren ganz gerührt, er hatte sich so freundlich, so besorgt, so liebevoll gezeigt. Edith sagte ihnen nichts von seinem Auszug, von der Scheidung, seinen stetig abnehmenden, dann ausbleibenden Zahlungen.

Harte Zeiten, schnitt er ihr das Wort ab, als sie endlich anrief und um Unterstützung oder wenigstens Erklärung bat. Sie zuckte zurück, tagelang hielt sie den Anblick des Telefons nicht aus, legte ein Kissen darüber. Das war nicht wirklich nötig – es war endgültig verstummt. Er war weggezogen und sie hörte nichts mehr von ihm, außer den gelegentlich tröpfelnden Mindestzahlungen und seiner Adresse, die das Sozialamt erstritt.

Sie organisierte, fand Mittel und Wege. Die Kolleginnen schauten mitleidig, dachten, Schwester Edith übernehme so viele Extraschichten wie nur irgend möglich, weil sie immer in der Nähe ihrer Kleinen sein wollte, wenn die wieder auf der Isolierstation lag. Nur die Cousine, die oft zu Hause half, kannte den eigentlichen Grund für ihre rot verquollenen Augen.

Sie wirft einen Blick in den Spiegel im Bad. Sie sieht fast besser aus als vor zehn, fünfzehn Jahren. Sie hat schon lange nicht mehr geweint, das letzte Mal, als Julia übergelaufen ist. Jetzt steigt etwas auf, zornige, tiefgraue Traurigkeit kriecht heran, überzieht den Spiegelschrank und das neue Zahnputz-Set – es landet im Mülleimer.

Idiotin! Als ob Julia ausgerechnet zu ihrem Geburtstag angereist käme ...! Und das kommende wird das dritte einsame Weihnachtsfest sein!

Am zweiten Advent vor zwei Jahren hatte er sich plötzlich als glücklicher Erbe gemeldet. Irgendein

Großonkel. Wie hätte sie Julia vorbereiten können? Wann in all den Jahren ihr sagen, dass sie
den Vater immer wieder um Kontakt gebeten hatte, ihm beschrieben hatte, wie die Tochter auch
den erneuten Rückfall endlich überstanden hatte,
dass die Tochter Technische Zeichnerin werden
wollte, allmählich weniger nach ihm fragte. – Es
gab nie eine Antwort. Und nach siebzehn Jahren
stand plötzlich der Weihnachtsmann mit einem
Auto und einem Sack voller Lügen vor der Tür,
beides für seine Tochter.

Ediths Zorn ist in Bitterkeit umgeschlagen – bis
jetzt ist sie fassungslos, wie Julia ihrem Vater so
uneingeschränkt glauben konnte und sofort ihre
schreckliche Mutter verlassen hat, weil die angeblich jeden Kontaktversuch des Vaters selbst-
süchtig torpediert hätte! Nicht ein einziges Mal
hat die Tochter zweifelnd bei der Mutter nachgefragt, sie ist einfach kommentarlos über Nacht
verschwunden.

Unbekannt verzogen, alle beide.

Mit hängenden Schultern sucht Edith ihr Mal-
zeug hervor, vielleicht schafft sie eine Skizze für
die nächste Therapiesitzung.

Traumgesichter

Gelb und braun, braungelb, dunkelrotbraun ...
Äpfel mit grauen Stellen fallen, rollen, und Bir-
nen mit holziger Schale. Laubrascheln in breiter
Allee zieht sich endlos, ganz hinten überschnei-
den die Baumreihen sich, kein Durchgang, Far-
ben des Indian Summer huschen, blitzen auf ...

– Genauer, bitte genauer ...
Oder im Bus die lange Strecke von Montreal
nach Boston, mitten durch das rote Ahornfeuer.
Das Feuer tut den Augen weh, sie brennen, sie
laufen. Es ist besser zu laufen, raus aus dem
Greyhound, laufen, den Hunden davon, gehetzt,
die Allee läuft hinten zu, aber schnell bis dahin,
ist jemand davor ...

– Genauer, bitte genauer!
Oder jemand Bekanntes da mitten im Weg, ver-
sperrt ihn ... Aufprall, Sturz, die Beine schmer-
zen, da liegt der blutende Fuß, und wenn die
Hunde ...? Sind weg, als sie zum Fesselstumpf
greift. Abbinden, ein Verband, eine Fessel, Enge
schnürt die Beine ab, den Brustkorb ein, es sitzt
jemand darauf ...

– Bitte nicht genauer!

»Du hast geschrien.«

Andrea tastete ihre Beine ab, alles noch da, wieder da.

Im Dunkeln hörte sie ihren Mann fragen: »So schlimm?«

»Der rote Herbst war sehr schön.«

»Und warum hast du geschrien?«

»Weiß nicht mehr.«

Am nächsten Morgen schnitt sie dicke, dunkelrote Trauben in seinen Frühstücksjoghurt.

Als ihr Mann zur Arbeit gegangen war, holte Andrea ein paar neue Astern für die Vase herein, zupfte die strohigen Blätter und Stiele heraus, sammelte ein paar Walnüsse auf und bekam klebrig-schwarze Finger, wenn die äußere, feucht dicke Schicht sie nur zögernd freigab. Der Sturm von letzter Woche hatte die Hortensienbüsche und das Weinlaub an der Hauswand schütter gemacht. Der Garten wurde schon etwas durchsichtig, eine kühlere Schönheit. Hebbels Herbstbild spukte in ihren Kopf hinein: *Dies ist ein Herbsttag, wie ich keinen sah, die Luft ist still, als atmete man kaum ...*

Andrea musste sich setzen, Luft schöpfen. Kraft sammeln für den Tag. Sie hatte gestern mit ihrem

Mann zusammen eine Liste gemacht. Wäsche abholen, schrankfertig, Hemden abgeben, mit Bügel, nicht gelegt, Bibliothekskarte verlängern, Reformhaus Gemüsesaft, im Tierheim vorbeischauen – Gassidienst? War eine gute Idee, nicht gleich mitnehmen, lieber erst mal kennenlernen und dann einem armen Hund ein neues Zuhause geben.

»Aber warte damit, bis ich mitkomme, zumindest die ersten Male. Du weißt, keine großen Anstrengungen, die Wunde ist noch nicht endgültig vernarbt.«

Sie hätte nie gedacht, dass ihr wortkarger Mann, der auch Krisen immer sportlich und mit Understatement nahm, so fürsorglich sein könnte, nie gedacht, dass ein kleiner Brustknoten so viel Kraft kosten würde.

Nach dem Kochen legte sich Andrea erschöpft auf die Couch, durch die Gartentür breitete sich spätsommerliche Wohligkeit über sie, gewährte dem Herbst einen Nachmittag Aufschub.

Die Kontur wird langsam zum Gesicht, Vorfreude füllt die weiter werdende Wiese Stück für Stück aus, der Atem ganz frei – da hinten geht er ja, ihr Jakob! Schultasche und Pulli sind doch nicht im Abifeuer gelandet, sein Haar fällt ihm lila in die Stirn, sieht gut aus.

»Der Schal von Papa, darf ich den haben, herrli-
che Farben, gibt's so nicht mehr.«
»Natürlich, praktisch für die Abifahrt, vielleicht
wird's kalt am Abend, komm gesund wieder!«
Lachen, Umarmung, aber Jakob geht gar nicht,
bleibt bei ihnen auf dem Bahnsteig.
»Bitte zurücktreten!«
Zwanzig null vierundfünfzig steht auf der Loko-
motive.
»Schnell, guck mal«, lacht Papa, die Nummer
von unserer Trix!
Die Lok gewinnt an Fahrt, sie winken ihr zu dritt
nach, Vater, Mutter, Sohn.
»So laut hier, lasst uns gehen.«

Schlagzeugsolo im Jazzkeller. Jakobs Freund der
Trompeter. »Hab gleich Auftritt, geht jetzt nicht.«
Jakobs Freundin blond blond mit Freundin
schwarz schwarz: »Geht jetzt nicht, müssen zum
Friseur, nein, hab ihn nicht gesehen.«
Straßenlärm, Polizeisirenen. Andrea muss unbe-
dingt die Fahrbahn überqueren, Uniform und
Kelle. »Geht jetzt nicht, die Straße ist gesperrt.«
Sein Boss wird aus der schubsenden Menge he-
rangedrängt: »Geht jetzt nicht, aber keine Sorge,
ich erwarte Ihren Sohn heute zurück im Büro.«

Da drüben steht er ja! So erwachsen geworden, in seinem grauen Nadelstreifen-Business-Cut, einen großen, leuchtend gelbroten Asternstrauß in der Hand. Andreas beste Freundin taucht strahlend neben ihr auf.
Ich wusste es, Jakob verschwindet nicht einfach so, taucht ab ohne Grund, ohne Abschiedswort. Nicht er, nicht euer Sohn!

»Wieder so ein Albtraum?«, fragte ihr Mann, als er Andrea beim Heimkommen benommen auf der Couch liegen sah. »Es ist der Herbst«, antwortete sie, »der dritte Herbst seit seinem Weggang.«
Ihr Mann setzte sich zu ihr, nahm die Weinende in den Arm.
»Ja, ich weiß, das dritte Mal der 30. Oktober, ich habe auch den ganzen Tag daran denken müssen.«

Tripp-Trapp-Stuhl

Bullerbü, sagen die Leute verblüfft, wenn sie sich dem Haus nähern. Mitten in der großen Weltstadt ein beschauliches Kiezleben, kleiner

Platz, bunter Vorgarten, Tisch und Bank, Glyzinien klettern über den Eingang.

Hinter dem Haus haben die Eltern einen Gemüsegarten angelegt. Der Große hilft gern beim Umgraben, mit einem richtig großen Spaten, er ist ja schon ein richtig großer Junge, und kräftig ist er auch, immer voller Tatendrang. Die Schwester schreibt im Wintergarten an ihren Hausaufgaben, der Mittlere füttert die Hühner, der Kleinste sitzt auf dem Tripp-Trapp-Stuhl und malt und isst; beim Runtersteigen fällt der Stuhl um, kriegt eine neue Schramme.

»Macht nichts«, sagt die Mama, »der ist stabil, hat die drei Älteren auch schon ausgehalten.«

Sie ist immer verständnisvoll, neben der eigenen Berufstätigkeit unermüdlich für die Kinder da, traut ihnen viel zu, lässt sie früh Fahrrad fahren und einkaufen gehen, allein zum Schwimmen, lässt ihnen viel Platz und bietet ihnen alle Möglichkeiten; finanzielle Begrenzungen gibt es nicht. Sie fährt mit ihnen zum Töpfern, zum Sport und zur musikalischen Früherziehung, war trotzdem schrecklich sauer auf die Lehrerin, als damals ihr Großer in der ersten Klasse erfuhr, dass es kein Christkind gibt, dass die Eltern … Kann man nicht vorsichtiger mit Kinderwelten umgehen? Bei den Geschwistern übernahm sie dann selbst die Vorsicht, kurz bevor die in die Schule kamen.

Der Große hat zu schlechte Noten im Abi, kann nicht Arzt werden wie der Papa. Oder doch? Die Mama findet die Privatuni in Budapest, der Wechsel zurück nach Berlin gelingt. Einige seiner Freundinnen bleiben manchmal übers Wochenende im Haus, eine bleibt länger. Die beiden ziehen in ein Fabrikgebäude im Szeneviertel am Spree-Ufer, kommen nur noch selten nach Hause. Einmal steht nachts ein Truck mit Riesenscheinwerfern auf dem kleinen Platz vor *Bullerbü* und erleuchtet die umliegenden Häuser taghell. Er hat ein ausgesprochenes Schnäppchen gemacht, von einer bankrottgegangenen Filmgesellschaft, hervorragend geeignet für das Partygelände, das er inzwischen betreibt. Danach kommt er kaum mehr zu Hause vorbei.

»Eine tolle, junge Frau«, sagt die Mama über seine Freundin, »sie weiß, was sie will, macht ihr Studium fertig und wird hoffentlich meinen Großen auch zum Examen motivieren. Diese Geschichte da draußen, Riesenpartys per Facebook und so – ich weiß nicht … Er macht zwar eine ganze Menge Geld damit, na ja, das kann er – er soll aber unbedingt sein Examen machen.«

Macht er auch. Danach ist er abgetaucht.

Mama versucht zu verstehen, Papa sagt: »Lass doch, er wird sich schon noch melden.« Als sie mit ihrem Großen reden will, gibt es Krach. Er meldet sich erst wieder kurz, als seine Freundin einen Sohn bekommen hat. Die junge Mutter kommt dann ab und zu allein mit dem Enkel.

Zum ersten Geburtstag kommt der Große plötzlich mit. Im Wintergarten steht ein Tripp-Trapp-Stuhl, niegelnagelneu, für seinen Sohn. Als der Große wortlos das Haus verlässt, sehen sich die Bullerbü-Eltern hilflos an …

***

Die Hilflosigkeit der *Bullerbü-Eltern* war inzwischen umgeschlagen – Sie waren eines der zwei Elternpaare in der Gruppe. Mittlerweile waren sie der festen Überzeugung, dass sie gemeinsam mit den jüngeren Geschwistern eine erste Annäherung an ihren Großen schon geschafft hätten. Auf eindringliches Anraten der Schwester hielt Mama sich allmählich sowohl mit ihren zweifellos wertvollen, aber unerwünschten Geschenken, als auch mit ihren Hinweisen und Winken zurück, soweit sie das irgend fertigbrachte.

Helikopter Eltern hatte die Schwester sie genannt. Mit ihr konnten sie über ihr ständiges aufmerksam leitendes, bewachendes Kreisen über den Köpfen all ihrer Kinder reden, da konnten sie versuchen nachzuvollziehen , wie bedrohlich und störend das in den Ohren des Großen immer noch nachklackern musste …

Aber warum nahmen die Tochterohren den Rotorenlärm nicht oder viel weniger wahr?

Beide Elternteile empfanden das Verhalten ihres Ältesten langsam auch nicht mehr als unfassbaren persönlichen Affront, sondern sie nannten es jetzt eher eine *Entwicklungsphase* von ihrem Sohn und vielleicht auch von sich selbst.

Karlotta hörte erstaunt zu, verwundert, wie es diesem Elternpaar ganz offensichtlich gelungen war, die tiefe Kränkung des Ausgegrenztwerdens zu überwinden. Sie beteuerten beide, dass sie nicht aufhören wollten zu versuchen, seine junge Familie mit in ihren weiten Familienverbund einzubeziehen, ihn ganz dorthin zurückzuholen. Und auch wenn sich der Große sehr oft entzog, sich monatelang nicht meldete, sie ließen sich einfach nicht abschrecken!

Karlotta bewunderte das. Sie fühlte sich noch ganz gefangen in dem Elterntraum von einer ungebrochenen, niemals endenden Verbundenheit mit den Kindern.

Als sie mit Verena, einer der Mütter aus der Gruppe, mit der sie sich angefreundet hatte, kurze Zeit darauf nach dem Kino beim Kaffee saß, überlegten sie, warum sie wohl beide an dieser persönlichen Beziehung hingen und sich entsprechend verletzt fühlten.

Vielleicht lag es daran, dass sie beide ihre Söhne nicht in eine Großfamilie einbeziehen konnten, die engere Bindungen selbstverständlich vorlebt; daran, dass sie allein dastanden. Sie gestanden sich ein, dass sie beide die Abwendung des Sohnes als einen massiven Angriff auf ihr Selbstverständnis erlebten, der sie ziemlich unsanft aus dem Mutter-Kind-Traum hatte herausplumpsen lassen. Ja, tatsächlich trauerten sie ihrem Verbundenheitsbild immer noch nach. Wann würden auch sie es schaffen, die Abkehr als Entwicklungsphase zu sehen, geduldiger abzuwarten und sich auf eine andere, gelassenere Ebene zu freuen?

Im Moment jedenfalls fühlte sich Verena durch die abrupte Funkstille, in der ihr Sohn sie zurückgelassen hatte, immer noch verraten. Und im Moment tat Karlotta der aggressiv unterlegte Verweigerungston ihres Sohnes immer nur weh. Ihr fehlten die Gespräche von früher – ob heftig oder ruhig, sie hatten die Luft zwischen ihnen

gereinigt und ihren Blick wieder klar gemacht …
hatte sie immerhin bis jetzt geglaubt – oder war
das am Ende nur eine trügerische Verklärung alter Zeiten?

Im Moment sollte sie ihrem alten Selbstbild wohl
nicht mehr trauen.

Im Moment schien fast jede Variante in den Geschichten der Abwendung auch irgendwie auf sie
zu passen, irgendwie ein Stück von Karlottas
eigener Geschichte zu sein.

Broken Heart Syndrome

»Im vorliegenden Fall erwies die Herzkatheter-Untersuchung, dass die Herzkranzgefäße – im
Gegensatz zum Herzinfarkt – offen sind. An der
Medizinischen Hochschule Hannover und am
Universitätsspital Zürich hat man festgestellt,
dass das *Broken Heart Syndrome* im Blut außerdem anhand eines bestimmten Musters aus vier
Mikro-RNAs von einem Herzinfarkt unterschieden werden kann. Das *European Heart Journal*
hat von bestätigenden Studien sowie möglichen
Auslösefaktoren berichtet.« Als die Medizinstudentin das zustimmende Nicken des Oberarztes

sieht, fährt sie fort: »Die Patientin hatte die typische Herzinfarktsymptomatik von plötzlichen heftigen Brustschmerzen und Luftnot gezeigt, sprach aber auf die Angst und Stress reduzierende Medikation umgehend an. Gute Prognose, nach circa drei Monaten mit vollständiger Erlangung der Pumpfunktion.«

Der weiße Schwarm bewegt sich weiter zum nächsten Zimmer, und die Studentin beschließt für sich, nach ihrer Schicht herauszufinden, ob sich auch die bisher bekannte Auslösertheorie für das *Broken Heart Syndrome* bei dieser Patientin bewahrheiten lässt.

Winterabend im Krankenzimmer; erst kurz nach sechs, aber schon wird das Lampenlicht kalt vom weißen Metalltisch reflektiert und fängt sich wächsern auf dem Gesicht der Patientin. Sie hat wenig gegessen, ist noch oft müde, aber im Prinzip fühlt sie sich nicht wirklich schlecht, eigentlich schon wieder viel kräftiger, wie sie zu der Studentin sagt, als die den Stahlstuhl gleich neben die Tür an ihr Bett gezogen hat.

»Tja, wie hat das angefangen«, die Endfünfzigerin ist es gar nicht mehr gewohnt, dass jemand sich für ihre Belange im Einzelnen interessiert. »Mir ist so schrecklich schlecht geworden und diese Schmerzen … und dann ging alles ganz schnell. Meine Nachbarin war gerade da, wollte Milch borgen, der ist ganz mulmig geworden, weil ich umgefallen bin und da hat sie schnell den Notruf gewählt.«

»Und was war die Wochen vorher so los bei Ihnen? Viel Ärger gehabt oder so? Ging's ziemlich rund oder waren Sie vielleicht sehr geknickt über etwas?« Die Studentin bemüht sich um bewusst fachunspezifische und, wie sie meint, volksnahe Formulierungen.

»Nur so das Übliche.«

»Und das wäre?«

»Ja … Ärger. Kummer. Mein Sohn hat vor Kurzem angerufen und da ging's furchtbar zur Sache.«

»Nun erzähl ihr mal, wie er dir das Leben schwer macht«, tönt es vom übernächsten Bett herüber. Die Patientin im mittleren Bett schweigt und wirft der Studentin einen vielsagenden Blick zu.

»Also, alles ging immer sehr gut mit meinem Sohn. Aber dann hat er vorletztes Jahr heimlich geheiratet. Also nicht völlig heimlich. Ich war kurz vorher da und da hat seine Freundin schon so Andeutungen gemacht, aber er hat alles abgestritten. Schließlich haben sie mich sogar noch vor dem Ende meiner Besuchswoche hinauskomplimentiert. Ich sollte in ein Hotel – wäre doch auch viel bequemer für mich!«

»Kenn ich«, lässt das Fensterbett vernehmen, »er hat sicher zugestimmt. Meiner ist auch so ein Feigling, schon wenn er denkt, es könnte was in der Luft liegen, kneift er. Keine Muckis in der Hose!«

»Ich verstehe nicht ganz?«, fragt die Studentin.

»Also«, fährt ihre Patientin fort, »ich hatte zu meinem Sohn schon vorher gesagt, dass er besser auf sich aufpassen soll, dass diese Frau nichts für ihn ist mit ihrer ständigen Rumnörgelei und dem selbstgefälligen Getue. Und er hat das auch zum Teil eingesehen, auch nicht etwa gesagt: *Mutti, das verstehst du nicht, das ist die ganz große Liebe* – da hätte ich ja noch mitgekonnt. Aber einfach so schnell heiraten, ohne dass sie müssen … Sie wissen schon, was ich meine. Und ihre Eltern wussten Bescheid, na ja, die waren wahrscheinlich froh, dass sie ihren Enddreißiger-Pummel endlich unter die Haube gekriegt haben. Ich aber nicht und gesagt hat er's mir erst hinterher. Vorher hat er das Gespräch darüber einfach abgebrochen, mir verboten über seine Frau oder mit ihr zu reden.«

»Ich kann verstehen, dass Sie das sehr verletzt haben muss. Hm, nun, das liegt ja jetzt schon einige Zeit zurück ... Haben Sie denn inzwischen was Neues gehört?«, will die Studentin beschwichtigend ablenken; es ist gar nicht so einfach, die Stressdaten zu erheben, die im *European Heart Journal* als Auslöserfaktoren genannt wurden, wie ausserordentliche emotionale Anspannungen, Mobbing und dergleichen, Tod eines Nahestehenden oder finanzielle Belastung.

»Schnee von gestern. Hab ich auch gesagt«, greift da das Mittelbett ein. »Ist doch sein Leben. Sie braucht ihre Schwiegertochter ja nicht zu lieben, ich mag meine auch nicht. Solange der Sohn sich ihr gegenüber anständig verhält und ihr am Telefon nicht ständig die Meinung seiner Frau vorblökt.«

»Eben!«, fügt das Fensterbett hinzu, »Abwarten bis ein Enkel kommt, hoffentlich gibt's dann bei ihr so was wie ein Familienleben! Ich war erst erwünscht, als ich für längere Zeit als Babysitter gebraucht wurde. Vorher wurde mir höchstens mal ein Babyfoto vor der Nase rumgewedelt , als Anreiz, wenn ich wieder Geld schicken sollte.«

Der Müttersarkasmus im Dreierpack irritiert die Studentin ein wenig. Trotzdem, sie will Genaueres erfahren. Vielleicht kann daraus sogar die Abschlussarbeit werden oder ein kleiner Artikel. »Aber Geld ist bei Ihnen wohl Gott sei Dank kein Problem; ich erinnere mich, wie Sie gestern erwähnt haben, dass Sie in Ihrer eigenen Wohnung wohnen?«

»Wer weiß, wie lange noch! Ich hab auf einmal richtig Angst. Nach einem ganzen Jahr Schweigen ruft mein Sohn letzte Woche plötzlich an. Sagt, alles war mein Fehler und ich hätte mich damals auch kurzfristig selbst eingeladen, was nicht stimmt. Er hört sich überhaupt nicht meine Gesundheitssorgen und meinen Kummer an, wird laut und will nächsten Monat kommen. Einfach so, will mich mal wieder sehn, sagt er, aber ich glaub ihm nicht mehr. Hab von einer Bekannten gehört, dass deren Tochter sie einfach rausgehebelt hat aus ihrem Häuschen, kam plötzlich mit dem Erbschein und Eigenbedarf an. Und jetzt denke ich, dass es gar nicht gut ist, dass mir die Wohnung nur noch zum Teil gehört, und ich hab Angst, dass es mir auch so gehen kann. Es bricht mir alles das Herz. Wenn mein Sohn schon so was Wichtiges wie seine Hochzeit hintenrum macht und mich dauernd so schlimm behandelt, wer weiß, was noch auf mich wartet!«

»Wie bei meinem Bruder«, pflichtet das Fensterbett bei, »der hatte sogar ein Berliner Testament, also die Eheleute sollten gegenseitig erben, die Kinder erst, wenn der Übriggebliebene das Zeitliche segnet. Und was ist? Meine beiden Neffen klagen dagegen, als seine Frau gestorben ist, und wollen die Eigentumswohnung haben. Sind aber nicht durchgekommen. Ich hab zu unserer lieben Bettgenossin hier gleich gesagt, dass sie unbedingt sofort was machen muss. Zum Rechtsanwalt. Sie hat noch nicht einmal ein Wohnrecht eingetragen. Wenn jetzt dem Sohn was passiert, erbt ihre Schwiegertochter alles, und dann? Na vielen Dank!«

»Ja, als mein Mann gestorben ist, habe ich leider unseren Sohn mit ins Grundbuch eintragen lassen, mein Mann hat das nicht so vorgesehen gehabt und der Notar hat es auch nicht richtig gewollt. Damals hab ich nur gelacht und gesagt, mein Sohn tut niemals was, was mir schadet. Aber heute hab ich wirklich Angst vor ihm, neben meinem Kummer nur noch blanke Angst um meine Bleibe.«

Soviel zum Thema plötzliche emotionale und finanzielle Belastung, denkt die Studentin, *soviel zu Lügen, Schuldzuweisungen und Ausgrenzungen, die ganze Palette der Mobbing-Strategien. Was man sich nur alles antun kann innerhalb der Familie?*

Als hätte sie ihre Gedanken gelesen, sagt ihre Patientin »Jetzt gucken Sie nicht so gebügelt.

Muss ja alles nicht so schlimm kommen bei Ihnen, Kindchen. Und wenn, dann kann man sicher bis dahin noch mehr tun für gebrochene Herzen, als Sie jetzt schon für mich gemacht haben. Jaja, Sie kümmern sich hier um gebrochene Herzen, das hat mir der Doktor heute Morgen nach der Visite übersetzt. Ich bin auf alle Fälle froh, dass es kein Herzinfarkt war. Vielleicht wird ja auch mit meinem Sohn noch alles besser. Aber zum Rechtsanwalt werd ich auf alle Fälle gehen. Und Sie gehen jetzt erst mal nach Hause, Ihr Tag war lang.«

Sechzehn Jahre

Großmama war etwas später eingetroffen. Gerade als Enkel Rolfi unter allgemeinen Ermunterungen – »Los, du schaffst das – großer Junge!« – seine vierte Geburtstagskerze auspustete, ließ sie sich in einem Sessel nieder, schaute sich um und sortierte die große Runde ein bisschen für sich. Sogar ihr Ex, der Großpapa, saß dort hinten neben seinem Sohn, der seinen Rolfi besonders lautstark anfeuerte.

Wo war die Zeit geblieben? Jetzt hatte ihr Jüngster schon selbst dieses vierjährige Kindergartenkind, das sie als liebevolle Großmama zweimal die Woche abholte, um es an all den Kinderwelten teilnehmen zu lassen, für die sein Vater zu wenig Zeit und Geld hatte – zur großen Enkelfreude und unter seines Vaters scheelem Blick. Sie brachte Rolfi immer dann nach Hause, wenn sie ihrem Sohn wahrscheinlich nur kurz begegnen würde, denn der hatte ihr auch nach fünf Jahren ihre Vorbehalte gegen Rolfis Mutter, seine damalige Partnerin, noch nicht vergeben. Diese dagegen hatte nach der Schwangerschaft das Kriegsbeil sofort begraben, als sie merkte, wie schnell die Großmama Rolfi ins Herz geschlossen hatte. Nach der Aussprache unter vier Augen, die sie von ihrer quasi Schwiegermutter erbeten hatte und die dem Familienfrieden hatte dienen sollen, war Rolfis junge Mutter jedoch im Monat darauf verschwunden, wohl zurückgegangen nach Rumänien . Seine Neue wolle ihn demnächst heiraten, hieß es, sie hielt gerade die vierte Kerze auf dem Kuchen fest. Familie *patchgeworkt*, warum auch nicht!

Am Tisch und am Fenster wuselten und standen kleine und große Gäste, von denen sie längst nicht alle kannte. Es klingelte und wurde noch voller. Gegenüber, am Durchgang zur Küche, stand das mittlere ihrer drei Kinder, Teresa, mit einem vollen Gläsertablett und ihre Augen lächelten ein *Hallo Mama* quer durch den Raum. Auch nach zweiunddreißig Jahren brauchten sie fast keine Worte, zwischen ihnen war alles immer selbstverständlich gewesen. Ein Anlächeln und leises Schaukeln hatten genügt, sie damals als Baby zu beruhigen. Als Teresa mit dem Schüleraustausch für drei Monate nach England gehen wollte, hatten die Eltern ihr sofort zugetraut, dass sie gut auf sich aufpassen konnte und Teresa hatte noch gesagt, dass sie beim Heimkommen auch von ihnen keine bösen Überraschungen wollte. Die bekam sie jedoch … und nach endlosen Verhandlungen blieb das Sorgerecht bei der Mutter.

Sechzehn Jahre war das jetzt her! Sie spürte wieder den Stich – und seit sechzehn Jahren hatte sie ihre Große nicht mehr gesehen. Ihre älteste Tochter war damals schon ausgezogen, bevor die Scheidung der Eltern endgültig durch war – gleich nach dem Schulabschluss war Heidemarie in eine andere Stadt gegangen. Heidemarie hatte überhaupt nichts mehr von sich hören lassen. Nein, nicht ganz, vor zehn Jahren war sie kurz bei ihrem Vater aufgetaucht, um *alles zu regeln* und hatte dem Vater dann auch noch ein, zwei Geburtstagskarten geschickt. Vor vier Jahren hatte sie ihren Bruder einmal angerufen, dann war sie wieder verstummt. »Unsere Heidemarie hat es sicher geschafft«, hatte ihr Ex vor Kurzem noch gesagt, »dazu muss man nicht an Mutters Rock und auch nicht mehr an Vaters Geldbeutel hängen. Möchte nur wissen, ob sie einen abgekriegt hat.« Sie hasste solche Sprüche von ihm. Wieso wollte er überhaupt nicht wissen, warum ihre Älteste sich völlig in Schweigen hüllte, warum litten Väter viel weniger?

Sie stand wieder auf, begrüßte noch einige Gäste, stellte sich vor. »Ich weiß«, sagte eine der neu angekommenen Frauen, »ich bin Heidemarie. Aber das ist typisch für dich, dass du mich nicht erkennen willst.«

Als die Tür hinter ihrer ältesten Tochter ins Schloss fiel, stand sie noch immer schluchzend im Bad. Wie lange würde es diesmal sein?

***

Die Selbsthilferunde kannte Tränen sehr gut. Koordinatorin Anni hatte eine große Kleenexbox in der Tischschublade. Karlottas Fassung zerfloss, als ein Elternpaar, deren Schwiegertochter dem Sohn samt Enkelkind den Kontakt zu ihnen verboten hat, rundheraus zu ihr sagte, dass bei ihnen alles genau so angefangen hätte wie bei ihr. Die Kommunikation mit der Schwiegertochter wäre schon vor der Hochzeit gespannt, danach äußerst schwierig gewesen. Die Kontakte mit dem Sohn wären erst unmerklich, dann immer deutlicher weniger geworden, schließlich zunehmend aggressiv, bis die Eltern auf Bitten um Aussprache von ihrem Sohn angefahren wurden: »Lasst sie, lasst uns doch endlich in Ruhe! Sie will es nicht, kapiert es endlich!« Das hätten sie beherzigt, wenn auch verstört und ratlos. Worauf die Verbindung zur jungen Familie seit vier Jahren ganz abgebrochen sei. Nur zu Feiertagen stellten die Großeltern unbemerkt Geschenke für das Enkelkind in den Garten, machten mitunter eine Überweisung auf das Konto des Sohnes, aber es käme nie eine Reaktion.

Karlotta schluckte immer noch an ihren Tränen, als das Elternpaar fortfuhr: »Nein, man kann selbst überhaupt gar nichts machen, wenn die Ehefrau oder der Partner deines Kindes angeblich oder auch tatsächlich das absolute Sagen hat. Du kannst nur abwarten und hoffen.«

Die Juristin aus der Gruppe warf ein, man habe zwar als Großeltern ein *Umgangsrecht mit den Enkelkindern, wenn es deren Wohl dient*, aber es sei natürlich ein großer Schritt, das gerichtlich zu erstreiten. Vielleicht frage ja das Enkelkind selbst eines Tages nach und dann ergäbe sich möglicherweise ein Anknüpfungspunkt.

Obwohl Enkelkinder Karlotta nicht betrafen, dieses Angefahrenwerden kannte sie nahezu im Wortlaut, das stillschweigende Kassieren auch. Jetzt brauchte sie Annis Box wieder und war auch dankbar, als Verena den Arm um sie legte.

»Aber so endgültig ist das doch alles bei mir nicht«, wandte sie schließlich kleinlaut ein. »Mein Sohn hat immerhin kurz nach dem Jubiläumsfest seiner Schule im letzten Jahr zu mir gesagt: *Selbst wenn wir uns gestritten haben, du bist meine Mom.* Das klingt doch nicht ganz und gar nach Verlassen wollen. Auch wenn mir später zwei seiner guten, alten Schulfreundinnen erzählt haben, dass sie Sebastian ausdrücklich zu mir geschickt hätten, als sie sahen, wie er sich mir gegenüber verhielt. Auch wenn sein Ton mir gegenüber immer offener aggressiv geworden ist. Auch wenn er mich zurechtgewiesen hat mit *Hör auf mit deinen überhöhten Erwartungen, ich will nichts mehr hören*, als ich seinen und Erikas Ton zur Sprache bringen wollte. Ich hab ihn nur fassungslos gefragt, wie er auf so eine Ausdrucksweise kommt ... Aber Sebastian hat immerhin das Weihnachtsfest mit mir und seiner Tante gefeiert – Erika war bei ihren Eltern.« Karlotta sagte das in dieser Runde, aus der nur ein anderer sein Kind zu Weihnachten gesehen hatte, fast verschämt und nur zögernd.

Immerhin Weihnachten

Als Karlotta zugesehen hatte, wie Sebastian am Morgen des 23. Dezember vor dem Haus aus dem Taxi stieg, hatte sich auch eine zaghafte Beruhigungsstimme in ihr gemeldet:
Immerhin Weihnachten ...
Sie wurde jedoch sofort überlagert von einer flatternden Nervosität, die Karlotta dann fest im Griff hielt: Monatelang hatte sie Sebastian nicht mehr gesehen und nun wollte sie alles in der Gruppe Gelernte umsetzen.
Die Begegnung entwickelte aber eine ganz andere Dynamik als ein Gruppengespräch, bei dem sich alle über das gemeinsam Erlittene einig sind.
Ob die Berufs- und Umzugspläne deiner Freundin, meine oder deine Finanzen – du folgst in allem, was du tust, ganz Erikas Familie; selbst den Expertenrat eines alten Freundes von Papa holst du beim Wohnungskauf nicht ein. Tust du

das alles bewusst, ist das gut so für euch, für dich? Wo bist du in deinem Leben? Warum beziehst du deine Vergangenheit überhaupt nicht mehr ein?, hätte sie ihn gern gefragt. Aber es kamen nur Einzelteile heraus, schnell geäußert beim Abwasch oder Weihnachtsbaumkauf, sofort von ihm zum Verstummen gebracht mit Verweigerungsfloskeln wie: »Das wollen wir doch jetzt einmal lassen«, oder: »Es geht hier nicht um dich.« Und schon fühlte sie sich wieder auf das dumme, eifersüchtig klammernde Muttermonster reduziert.

Als die Tante einmal bei Freunden war und Sebastian allein in seinem Zimmer Musik hörte, versuchte es Karlotta noch einmal, beherzt, diesmal würde sie sich nicht sofort abwimmeln lassen.

»Ich würde gern mit dir reden. Geht das jetzt, oder …?«

»Jaja, sicher doch, was gibt's?«

»Also, einmal ganz klar gefragt: Liegt es daran, dass ich dir gesagt habe, was ich von Erika halte, dass du dich immer mehr zurückziehst?«

»Ganz klar geantwortet: Ja und nein. Mit Erika hat das im Prinzip nicht unmittelbar zu tun. Es ist nur ziemlich unerträglich, wenn du immer versuchst irgendwelche Probleme aufs Tapet zu bringen – ansonsten ist doch alles okay.«

»Ich finde überhaupt nichts okay – wir reden eigentlich so gut wie gar nicht mehr wirklich miteinander. Und ich weiß auch gar nicht, wann und worüber ich, außer über Erika, etwas problematisiert hätte. Und wenn ich das tue, warum hältst du dann nicht einfach deine Meinung dagegen?«

»Ach, lass gut sein …«

»Aber haben wir das nicht immer so gemacht? Jeder sagt, was er denkt – und dabei sind wir früher auch nicht gleich böse oder eingeschnappt gewesen.«

»Ich bin inzwischen über dreißig – vergessen?«

»Ja, und …?«

»Entschuldige, da ist deine Meinung nicht mehr so ausschlaggebend für mich.«

Karlotta unterdrückte ein verletztes Aufwallen, fragte nach kurzer Pause: »Und wer und was ist jetzt ausschlaggebend für dich?«

»Siehst du, das bringt nichts. Jetzt spielst du die Beleidigte.«

»Nein, spiel ich nicht. Ich weiß nur nicht, warum du so total zumachst, warum du mich und deine Vergangenheit so völlig abkappst.«

»Tu ich das? Das meinst du vielleicht. Aber ich lebe nun mal nicht im Gestern, kann ich mir nicht leisten, auch nicht im Job. In einem Konzern geht es immer ums Hier und Heute.«

»Und das verstehe ich natürlich alles überhaupt nicht«, konnte Karlotta sich nicht verkneifen und als sie sein verärgertes Stirnrunzeln sah, schob sie schnell nach: »Mir fällt das im Einzelnen gar nicht auf, wenn ich das mache, sag's mir einfach. Aber eigentlich reden wir so selten miteinander, dass ich dazu sowieso fast keine Gelegenheit habe.«

»Siehst du, schon wieder bist du sauer. Also andere sprechen ihre Eltern höchstens einmal im Jahr zu Weihnachten, wenn überhaupt …« Sebastians Smartphone blinkte. »Ah, Andy, alter Kumpel, schön dich zu hören. – Ja, sicher geht das, bin in einer halben Stunde bei dir.« Er wandte sich wieder Karlotta zu: »Andy, aus der Schule, kennst du ja. Wir haben uns neulich in New York getroffen, ist auch gerade in Berlin. Ich treffe ihn gleich.« Als er sah, wie sie an ihren Tränen schluckte, fuhr er leicht ungehalten fort: »Wir kommen hier sowieso nicht weiter. Und überhaupt, stilisier dich nicht so als Opfer hoch! Lass mich einfach in Ruhe mit allem!«

Karlotta stand noch benommen in der Küche, als sie hörte, wie Sebastian ihr Auto startete.

Sie spürte, wie ihr kalt wurde. Ihre Gedanken formten sich langsam: Ihre Art des Verstoßenwerdens war völlig anders als bei den übrigen

Eltern. Es war nicht abrupt und ganz und gar wortlos geschehen und es spielte auch nicht die räumliche Distanz die größte Rolle. Karlotta hatte plötzlich das Gefühl, dass ihrer beider innere Distanz mit jedem Mal, bei jedem Kontakt, unüberwindlicher wurde.

Ein Bild stieg in ihr auf: Sie stand vor einer Sanddüne, die wuchs und wuchs und gleichzeitig driftete, rieselte sie auseinander. Schneidender Seewind fuhr ihr in die tränenden Augen und ihre Füße tasteten vergeblich nach festerem Boden.

Vielleicht sollte sie einen Therapeuten zurate ziehen.

Immerhin Weihnachten ...

Auch wenn sie nach dem Gespräch so nervös war, dass sie über dem Gänsebraten bei Tisch mit Tante und Freunden die alten Geschichten gar nicht mehr so unbefangen wie früher zum Besten geben konnte. Zum Beispiel die, wo er als kleiner Kindergartenjunge beim Familiengottesdienst von der Runde um die Kirche, bei der die Kinder gemeinsam *Komm, wir gehn nach Bethlehem* gesungen hatten, völlig aufgelöst schluchzend zurückkam: »Ich will aber nicht nach Bethlehem, ich will nach Hause!«

Die Gruppe lachte gerührtes Elternlachen. Trotzdem: Karlotta sah, wie einige bedeutsame Blicke gewechselt wurden und ein bedenkliches Kopfwiegen eingesetzt hatte.

»Das ist *dein* Erinnerungsschatz. Bewahre ihn. Aber hüte dich vor dem Überstülpen! Lass ihn seinen eigenen finden! Du kannst Mauern nicht von einer Seite einreißen, du kannst dein Kind nicht einfangen mit dem Appell an die guten, alten Formen eurer Verständigung oder mit dem Heraufbeschwören von schönen, familiären Gemeinsamkeiten!«

Sie diskutierten, was für eine wichtige Rolle die emotionale Erpressung zu spielen schien – sei es die, die das Kind früher innerhalb der Familie erlebt hat oder die, die das Kind wie ein Sensor sogar noch von den verlassenen Eltern empfängt. Und dass die wunderbar glitzernde Kinderwelt mit Schneemannbauen und Plätzchenbacken, die an einem Tag noch duftend durch die Kneipengespräche der erwachsen gewordenen Kinder zieht, am nächsten Tag wie eine Luft abschneidende Zwangsjacke abgestreift und in die Ecke geschleudert werden kann. – Und dass die Schuldfrage wieder einmal im Mittelpunkt stand.

Hatten sie ihre Kinder zu wenig auf die Selbstständigkeit vorbereitet, sodass sie nicht gelassen
eigenständig werden konnten? Hatten sie sie mit
zu viel furchtbarer Strenge oder furchtbarer Ge-
borgenheit eingekreist, sodass die Kinder den
Ring nur noch brutal zerschlagen konnten, um
herauszukommen? Um sie selbst zu sein?

Karlotta sah die schamhafte Verzweiflung in den
fahrigen Beiträgen bei den einen, die schulterzu-
ckende Abgeklärtheit bei den anderen. Wo konnte sie sich da finden, was konnte sie da für sich
finden?

Karlotta sah auch, wie blass ihre neue Freundin
Verena geworden war: »Ich kann das nicht mehr
ertragen, müssen wir denn eigentlich immer nur
betteln um ein bisschen normalen Umgangston,
von liebevoll will ich gar nicht reden«, brachte
sie niedergeschlagen hervor. »Warum wagen es
unsere Kinder, so verachtend und zerstörerisch
aufzutreten, wie das auch Karlottas Sohn zu
Weihnachten getan hat? Wir sind hier zwischen
fünfzig und fünfundsiebzig – heißt das, eine ganze Generation hat den Fehler gemacht keinen
Respekt und, wie das so schick heißt, keine emotionale Kompetenz zu vermitteln? Oder wird sie
uns vorenthalten, weil wir sie nicht verdient ha-

ben, weil wir alles falsch gemacht haben, wir
Kinder verschlingenden Ungeheuer?«
Sofortiger Widerspruch, dem wiederum widerspro-
chen wurde. Karlotta ging sprachlos nach Hause.

Heimgekehrt
Sigrid Hacker, Ton, 2012

Der Verlorene Sohn

Auf dem Weg in die nächste Sitzung schwappten Karlotta schon auf der Treppe die Ausläufer aufgewühlter Gesprächswogen entgegen und brachen sich vor dem Gruppenraum:

»Hast du's gehört? Nächstes Mal wird ein Kind zu uns kommen ... Ich glaub's nicht ... Wirklich ... Ja, woher denn? ... Nein, das geht auf keinen Fall ... Soll sich nur hertrauen! ... Aber so lass doch ... Ist doch toll von ihm ... Vielleicht lieber nicht ...«

»Kommt erst mal alle rein und setzt euch«, glättete Anni die überschäumenden Emotionen.

Das Kind sollte ein fünfunddreißigjähriger Sohn sein, der zufällig auf die Gruppenadresse gestoßen war. Er hatte seit fünf Jahren keinen Kontakt mehr zu seinen Eltern und würde gern einmal seine Gründe erzählen. Er wollte auch hören, wie es den verlassenen Eltern hier ergangen war, denn er konnte sich inzwischen sehr gut vorstellen, wie hoch sich Scham und Schuldgefühle, und auch immer noch Tabus, auf beiden Seiten auftürmten. Er wusste nicht, ob und wie er sich seinen Eltern am besten nähern sollte. – Er wollte eine gute Freundin mitbringen.

Aufregung stieg in Karlotta hoch, Erwartung. Nach all den Facetten von Ratlosigkeit und Vermutungen über mögliche Erziehungssünden, über ungewollte Einmischung, Einengung durch übertriebenes Harmoniestreben oder auch Leistungsdruck, über Verletztheit und Verzweiflung, sollte jetzt ganz unerwartet die Gegenseite zu Wort kommen? Sie wurde immer unruhiger, und gleichzeitig schloss sich Traurigkeit wie eine Glocke über ihr. Warum war es nicht Sebastian, der das Gespräch suchte? Und warum konnte sie nicht hingehen und ihren Sohn einfach fragen: *Wieso wendest du dich ab? Was habe ich so falsch gemacht? Was können wir besser machen und wie? Dreh dich um und rede wieder normal mit mir, bitte! Erkläre mir, warum du dich wegschleichst. Lass uns Hilfe holen, damit wir uns besser verstehen, bitte! Du bist doch noch nicht ganz weggegangen!*

Als sie endlich den Blick in die Runde hob, schaute sie in einen mit Bedrücktheit beschlagenen Spiegel.

Die Gruppe einigte sich dann doch: Ja, der Sohn wäre ihnen willkommen, sie wären sehr gespannt. Und komme was wolle, es sollte keine Anklagen, keine Vorwürfe oder Kritik geben, er sollte auf keinen Fall in eine Stellvertreterrolle für die eigenen Kinder geraten.

Einer der Gruppenväter sagte plötzlich: »Jetzt reicht's mit der Anspannung, wir sind heute so was von verkrampft. Kennt ihr den? Ein Mann kommt von der Beerdigung seiner Mutter nach Hause, fällt ihm vor der Haustür ein Dachziegel auf den Kopf. Ruft er in den Himmel: *Was, schon oben?*«

Was eine weitere Welle an diesem Tag auslöste – die Elternwitz-Welle.

Eltern nerven.

Jesus geht in der Schar seiner Jünger zum Tempel. Eine große Volksmenge umringt ihn, als die stadtbekannte Sünderin auf ihn zukommt, sich vor ihm hinwirft und um Vergebung und Heilung bittet. Das Volk tobt: »Steiniget sie, sie ist unrein!« Darauf richtet Jesus sie auf, stellt sie in die Mitte des Platzes und sagt: »Wer unter euch ohne Sünde ist, der werfe den ersten Stein.« Betretenes Schweigen, die Menge fängt an auseinanderzugehen. Da fliegt von hinten ein Stein knapp an

ihm vorbei in Richtung Sünderin. Ohne sich um-
zudrehen sagt Jesus: »Mutter, du nervst!«

Als sein Sohn mit brennender Zigarette am Mit-
tagstisch auftaucht, verliert der Vater die Beherr-
schung und schreit ihn an: »Als ich so alt war,
hätte ich mich so etwas nie getraut.«
Meint der Sohn: »Klar, du hattest ja auch noch
Respekt vor deinem Alten!«

Kommt ein Mann zum Arzt: »Herr Doktor, Sie
müssen mir helfen. Mein Vater wird langsam se-
nil. Er sitzt den ganzen Tag in der Badewanne
und spielt mit einem Gummikrokodil.«
»Aber lassen Sie doch dem alten Mann dieses
harmlose Vergnügen.«
»Nein, verdammt noch mal. Es ist mein Gummikrokodil!«

Als ein Manager im Flugzeug neben ein kleines
Mädchen gesetzt wird, fragt er wohlwollend:
»Wollen wir uns ein wenig unterhalten? Ich habe
auch Kinder und weiß, dass der langweilige Flug
dann schneller vergeht.«
Das kleine Mädchen schaut von seinem Buch
auf: »Über was möchten Sie sich denn unterhalten?«

Antwortet der Manager-Vater lachend: »Wie wär`s mit dem Thema Atomstrom?«

»Okay«, sagt sie, »das wäre ein interessantes Thema. Aber erlauben Sie mir zunächst noch eine Frage: Ein Pferd, eine Kuh und ein Reh fressen alle dasselbe Zeug: Gras. Doch das Reh scheidet kleine Kügelchen aus, die Kuh einen flachen Fladen und das Pferd produziert Klumpen getrockneten Grases. Warum, denken Sie, dass das so ist?«

Der Manager-Vater denkt nach: »Nun, ich habe keine Ahnung.«

Darauf antwortet das kleine Mädchen, indem es sich wieder dem Buch zuwendet: »Fühlen Sie sich wirklich kompetent genug über Atomstrom zu reden, wenn Sie beim Thema *Scheiße* schon überfordert sind?«

Humor fängt dort an, wo der Spaß aufhört, heißt es, musste Karlotta denken, und dass Witze sich gegen Übermächtiges auflehnen, gegen Gefühle von Ohnmacht, Hilflosigkeit und Unsicherheit.

Mit etwas befreiterem Lachen sahen sie alle der Eltern-Kind-Sitzung entgegen.

***

Das fünfunddreißigjährige *Kind* stellte sich als *Viktor, der Verlorene Sohn*, vor, nachdem er sich gesetzt und den ersten Schluck Kaffee getrunken hatte, denn auch er hatte, wie der Verlorene Sohn in der biblischen Geschichte, seinen Vater um die vorzeitige Auszahlung des Erbteils gebeten. Dann war er damit in weite Fernen verschwunden, hatte nichts mehr von sich hören lassen, hatte alles durchgebracht und wollte nun eigentlich reumütig zurückkehren. – So Viktors Geschichte. Doch bevor er mit seiner eigenen beginnen würde, wollte er der Runde, weil es ihm so leichter fiele, gewissermaßen zum Warmwerden, die von einem Freund berichten, der auch ins ferne Ausland verschwand.

Zwillinge

Quietschende Vollbremsung, das Fahrrad schwenkte seitlich aus und kam in einer Staubwolke zum Stehen. Außer Atem schaute Albert sich um – Erster! Simon hatte es wieder nicht geschafft. Wettfahren für Zwillinge, halbe Strecke zur *Wurmlinger Kapelle* auf dem Tübinger Kapellenberg.

Aber gemeinsam waren sie unschlagbar: Ob Klassenfahrt oder Klassenkeile, alle hatten Respekt vor dem Duo. Bei endlosen Hausaufgaben oder verregneten Nachmittagen kam niemals Langeweile auf und bei Vaterschelte keine Mutlosigkeit, denn die beiden hatten ja immer sich, wusste die Mutter. Nur sie konnte sie stets auf Anhieb auseinanderhalten. Simon hätte auch einen viel differenzierteren Wortschatz, so die Philologin. Das *Kircheis* wiederum wurde von Albert auf den gemeinsamen Reisen mit den Eltern erfunden: eine Kirchenbesichtigung, ein Eis, eine Kirche …

Eine wunderbare Kindheit, da waren sich später beide einig. *Wenn wir einmal Kinder haben, ob die es wohl je so gut haben können?* Da hatten sie schon Wirtschaftsinformatik und BWL studiert; da lebte der eine schon verlobt in Köln, der andere singelte in Süddeutschland.

Für Alberts Hochzeitsfeier waren sämtliche Fäden beim Bruder zusammengelaufen. Der hatte alles genauestens mit dem Pfarrer abgesprochen, ihn über bedeutungsvolle Einzelheiten aus dem Leben und die unterschiedlichen Glaubensrichtungen des Paares informiert. Die Musik und die

Reden und witzigen Sketche hatte Simon per Rundmail vom weitverzweigten Familienklan und den Freunden erbeten und in launige Reihenfolge sowie in die Hochzeitszeitung gebracht. Die Kosten der Feierlichkeiten trugen traditionsgemäß und mit Freuden die Eltern der Braut.

Ganz stimmungsvoll war alles auf dem Schloss arrangiert, in dem Albert damals seiner Auserwählten auch den Antrag gemacht hatte. Glückstrahlend berichteten die frisch Vermählten, dass es ein ebenso sonnendurchfluteter Nachmittag gewesen sei, als sie mit den Fahrrädern dort angekommen waren und er die künftige Braut mit dem Ring überrascht hatte. Die gerührte Hochzeitsgesellschaft brachte einen Champagner-Toast auf eben jener Terrasse aus.

Man ambulierte im weiten Schlossgarten, der Bruder hatte neben anderen Einlagen auch einen Eiswagen kommen lassen – kleine Erinnerung an unbeschwerte Zwillingsferien. Das Hochzeitsmenü wurde superb in der Schlossküche bereitet, der Kellermeister waltete in ausgezeichneter Weise seines Amtes, und so hallte das fröhliche Getümmel von Tanz und Lachen bis spät durch die sommerliche Nacht und in die Gemächer der sich schon zurückgezogenen, älteren Generation. Auch die Jungen gingen nach und nach auf ihre Zimmer.

Die letzten Kerzen auf der leeren Terrasse flackerten auf die sanft abfallende Schlosswiese hinunter. Simon spürte einen Arm von hinten um seinen Hals, kurzer, bekannter Knuff: »Danke dir, Brüderchen, das war eine großartige Feier! Meine mir nun offiziell Angetraute ist dir auf ewig dankbar – genau wie ich. Wann bin ich dran für dich?«

»Freut mich für euch. Komm, Albert, einen letzten Schluck. Schau mal: Weißt du noch, die Kapelle, zu der wir immer das Wettfahren gemacht haben? Und dieses Lied, das Mama immer gesungen hat: *Droben stehet die Kapelle, schauet still ins Tal hinab.*«

Albert stimmte ein: »*Drunten singt bei Wies und Quelle, froh und hell der Hirtenknab.*«

Sie schauten auf den Schlosspark hinunter.

Nach einer Pause sagte Simon in die Wiese hinaus: »Ich kann das hier alles nicht, ich will das nicht. Ich werde auch niemals heiraten ... Tut mir leid – ich muss jetzt los. Morgen früh fliege ich. Nach Australien. Ich weiß nicht, wann ihr mal etwas von mir hören werdet. Sag du es Mama und Papa, ja? Bitte.«

Der Verlorene Sohn

Der Vater war mit Viktor zur Raiffeisenbank gegangen, bei der er vor zwei Jahrzehnten die Fi-
nanzierung eben des Reihenhäuschens gemacht
hatte, auf das er nun die Hypothek ausgezahlt
bekam. Ein bisschen peinlich war es ja gewesen,
auf die neidischen Fragen des Filialleiters zu
antworten, der bei ihnen in der Parallelstraße
wohnte, und noch unangenehmer waren die spit-
zen Bemerkungen der früheren Mitschülerin, die
Viktor an der Kasse die Travellerschecks ausgab.
Das hölzerne Gesicht des Vaters machte es nicht
leichter. Augen zu und durch, adieu Kleinstadt!
Nach zehn Jahren als Krankenpfleger in der na-
hegelegenen Klinik hatte *Ayurveda* für Viktor die
Welt geöffnet. Warum sollte er die Zusatzausbil-
dung, die sich plötzlich bot, nicht in einem Zen-
trum in Sri Lanka machen, statt vor Ort? Und
danach vielleicht Heilpraktiker werden, aber weit
weg von neugierigen Nachbarblicken, der Kittel
bügelnden Mutter (*Gib her, mein Haushaltsge-
nie!*) und der schrecklich glücklichen Familie der
großen Schwester im Reihenmittelhaus nebenan.
Beim Abschied sprach der Vater schließlich sehr
einsichtig von Karriere; Mutter und die große
Schwester heulten.

Es kam alles etwas anders. *Krtsno hi loko. – Die Welt kann für die Klugen ein Lehrer sein, für die Dummen aber ein Feind.* Diese Weisheit stand über der Tür des Zentrums. Gehörte er zu den Dummen? Die englischen Instruktionen erwiesen sich als äußerst schwierig – kein Vergleich mit der Umgangssprache! Oder war es das widrige Klima oder passte dieser spezielle naturheilkundliche Ansatz einfach nicht zu ihm? Oder lag es an der Faszination seines neuen amerikanischen Freundes, dass Viktor kurz entschlossen zusammen mit ihm nach Indien aufbrach und später nach Florida ging, wo er seinem langsam dahinsiechenden Kapital endlich ein wenig aufhelfen konnte, als er eine Aushilfsstelle an einer rein schulmedizinischen Walk-in-Clinic bekam? Als das Visum endgültig auslief, flog er samt amerikanischem Freund mit dem Super-Saver-Better-Together-Ticket nach Berlin. Dort bekam er nach monatelangen Bewerbungen und Versuchen tatsächlich ein USA-Jahresvisum … das er dann gar nicht mehr brauchte.

Nach Hause hatte Viktor erst schreiben wollen, wenn er besser zurechtkäme auf der *ehrenwerten* Insel, dann aber lieber erst, wenn er die Indienreise beendet hätte und dann wollte er warten, bis er finanziell wieder auf die Beine gekommen wäre. *USA* klang ihm zu überraschend, *Berlin* zu bedrohlich nahe. Und außerdem wollte er lieber nichts über seinen neuesten Plan berichten: *Peking …*

Es war an dem Abend, an dem sein amerikanischer Freund sich von ihm getrennt hatte und er allein in der U-Bahn saß, als seine Augen trübträge an der Anzeige hängen blieben: *Akupunkturkurse und TCM-Ausbildung in Peking am internationalen Institut des Center for Traditional Chinese Medicine – deutschsprachiger Unterricht.* Die weite Welt ist ein guter Lehrer, oder wie war das? Und wieder wurde es nichts mit dem Schreiben.

Auch telefonieren ging nicht. Sollte er etwa sagen: *Hallo ihr Lieben, was ihr im Hintergrund hört, ist die höllische Kneipe, in der ich im Anschluss an meine Tagschicht noch die ganze Nacht schufte. Aber ich habe das Geld für Peking fast zusammen …?*

Als Viktor es geschafft hatte, schaute er nach elend langem, elend teurem Flug erschöpft und aufgeregt aus dem Fenster im Dongzhimen-Bezirk, wo das Institut ihn untergebracht hatte. Ein Altenheim, in dem er auf dem Flur mit zwei deutschen Kolleginnen wohnte. Die eine hieß

Minh und sprach Mandarin, weil ihre Großeltern vor einer halben Ewigkeit aus Shanghai nach Deutschland gekommen waren. Was für eine Unterstützung! Ein weiterer Grund, dieses Mal nicht aufzugeben, obwohl er in der Werbebroschüre für den Kurs mit leichter Unruhe gelesen hatte: *Sie leben im noch recht ursprünglichen chinesischen Umfeld, welches sich auch beschleunigt durch Olympia 2008 wandelte. Respektieren Sie die für Sie so fremdartige Welt, Sie bewegen sich auf keiner touristischen Ebene! Sollten Sie deutsche Verfahrensweisen oder deutschen Komfort anzutreffen wünschen, bitten wir Sie, Ihre TCM-Weiterbildungen in Deutschland wahrzunehmen. Vielen Dank für Ihr Verständnis.*

Der Unterricht und die klinische Praxis waren anstrengend, die Flurgenossin Minh half, das Chaos von Diagnostikmethoden, Zhang und Fu Organen, Moxibustion und Tuina, das ihm im Kopf surrte, ein wenig zu ordnen. Bald waren die drei eine eingeschworene Arbeitsgruppe. Viktor traute sich auch schnell allein radebrechend in die Stadt. Das *Time Out Beijing Magazin* überredete ihn in der üblich geschwätzigen Metropolen-Farbdruck-Manier, mit seinem knappen Restkapital die monatlichen *Food Awards* oder *Best Sales* auf der Wangfujing-Straße zu probieren. Und er fand sogar den *Book-Worm*, in dem sich herrlich, zwar nicht in deutschen aber in englischen Büchern stöbern und Tee trinken ließ. Die Apotheken, die er voller Interesse aufsuchte, hatten jedoch zu seiner Verwunderung ausschließlich chinesische Beratung.

In seinem Altenheim fiel es Viktor überhaupt nicht schwer, *die so fremdartige Welt zu respektieren*. Das freundliche *Guten Tag* der Zimmernachbarn konnte er bald mit *Nî hâo* zurückgeben, ein dankbares *Xiè xiè*, wenn er eine Tür aufhielt oder eine schwere Tasche in den vierten Stock hinauftrug, mit einem *Bù yòng xiè* erwidern. Minh hielt freundlichen Gelegenheitsplausch mit den zum Teil hochbetagten Mitbewohnern. Etwas über deren Leben zu erfahren war weitaus interessanter als das Fehlen von *deutschen Verfahrensweisen und deutschem Komfort* im Duschbad oder beim verstopften Hockklosett.

Das offizielle Kulturprogramm, das vom TCM-Center arrangiert wurde, kam ihm ein wenig brav und plakativ vor und Fragen blieben grundsätzlich unbeantwortet: Warum bewachten so viele Soldaten auf dem Tiananmen Square den himmlischen Frieden vor dem Tor der Verbotenen Stadt? Warum stiegen gerade so viele Männer in schwarzen Anzügen aus schwarzen deutschen

Mercedes Limousinen vor der Großen Halle des Volkes? Warum nahmen selbst wartende Taxis sie so oft einfach nicht mit?

Letzteres änderte sich schlagartig, als die drei mit einer betagten Mitbewohnerin unterwegs waren, die sehr schlecht zu Fuß war. Die Zimmernachbarin Bao hatte Minh gefragt, ob sie sie mitnehmen würden zum Mausoleum des großen Vorsitzenden – sie sei schon seit Jahren nicht mehr bei Mao gewesen. Ein Taxi nahm sie dieses Mal sofort am Straßenrand auf, und die zwei einzigen Langnasen inmitten einer Menge von geschätzt dreitausend zügig Vorrückenden fühlten sich ganz seltsam, als sie sogar noch fünf Minuten nach *Schlangenschluss* vom sonst unerbittlichen, soldatischen Ordnungsdienst in die Nebenschlange geleitet wurden.

Nachbarin Bao kaufte vier Chrysanthemen und als Minh in der schummrigen Vorhalle fragte, ob sie die auch noch vor die riesige, strahlend weiße Mao-Marmorstatue auf den großen Blumenberg legen sollten, der gerade abgeräumt wurde, raschelten die glaspapierumhüllten Blütenköpfe ihre Missbilligung zusammen mit dem Zischen der Ordnungshüter – *Ruhe, kein Wort, ablegen und nicht stehen bleiben* übersetzte Minh raunend auf Deutsch. Im Eilschritt ging es weiter in die nächste Halle, wo die Schlange geteilt wurde zum schweigenden Defilee links und rechts am gewaltigen Glassarkophag vorbei – in gebührendem Abstand. Viktors gespannt-gehetzter Blick nahm eine, bis zur Brust mit der chinesischen Fahne bedeckte, stattliche Figur auf und darüber Maos Gesicht, das im Halbdunkel plastikartig schimmerte.

Hinausgespuckt ins gleißende Sonnenlicht des Hinterausgangs führte Bao sie zielsicher zu den Verkaufszelten, um einen naturgetreuen Miniatur-Sarkophag zu erstehen, falls ihr Enkel käme; die anderen entschieden sich nach langem Auswahlprozess für ein Gummiarmband und Medaillons mit golden eingefassten Mao-Porträts.

Gut geleitet von Nachbarin Bao, betrat die kleine Gruppe in einer Seitenstraße eines der vielversprechenden Restaurants mit den unübersichtlichen Speisekarten und undefinierbar beladenen Drehscheiben inmitten der Tische. Es schmeckte herrlich und Bao konnte ihnen nicht genug danken – sie käme so gut wie gar nicht mehr vor die Tür. Eine ihrer zwei Töchter sei nach England ausgewandert, von wo sie zwar mitunter Geld schickte, aber ab und zu besuchen könne sie nur noch die zweite Tochter, die fast zweitausend Kilometer entfernt in der Provinz Guangdong arbeite. Tochter und Schwiegersohn waren nahe vierzig, also habe sie wegen der Ein-Kind-Politik nur einen einzigen Enkel, den sie einmal im Jahr sehe. Damit ginge es ihr jedoch viel besser als den meisten im Altersheim. Es sei nicht mehr wie in den alten Zeiten, in denen es Schande bedeutet hatte, Familienbande nicht zu pflegen oder sie gar zu trennen. Der größte Teil ihrer Mitbewohner bekäme die Kinder oder Enkel niemals zu Gesicht und auch keine finanzielle Hilfe von ihnen.

Das Dreiergespann musste wieder daran denken, was ihnen vor Kurzem der zweiundzwanzigjährige Tour-Guide Yazhen, der übersetzt *Schatz aus Asien* hieß und sich für die Touristen einfach *Jason* nannte, bei der Hutong-Fahrrad-Tour erzählt hatte. Jason hatte berichtet, wie froh er war, dass sein verstorbener Vater in einer der *Hutongs*, der wenigen engen, kleinen Gassen, die die Kulturrevolution überstanden hatten, eines der Mini-Häuschen von zwei Zimmerchen hatte erstehen können. Dort lebte der *Schatz aus Asien* jetzt mit seiner Mutter hinter dem Kabelanschlussgewirr über der Eingangstür und mit Außenklo. Trotz Englischstudium könne er gar nicht daran denken, eine eigene Familie zu gründen, denn als Einzelkind schaffe er es gerade recht und schlecht für sich und seine kränkelnde Mutter zu sorgen. Rente gebe es so gut wie nicht. Ja, er wisse, dass viele aus der jüngeren Generation das anders handhabten, Karriere machten, alles Geld für sich verbrauchten – aber nein, wegziehen käme für ihn überhaupt nicht infrage!

Von da an schaute der Verlorene Sohn genauer hin. Tatsächlich konnte Viktor höchstens am Wochenende ein oder zwei jüngere Besucher ausmachen, die im Hof mit den betagten sechzig Heimbewohnern um die Tische herum saßen. Das würde jetzt ganz anders werden, erläuterte ihm der Heimleiter in gut verständlichem Englisch, die Regierung habe schon positive Schritte unternommen und ein Gesetz verabschiedet. Demnächst müssten alle Kinder ihre Eltern mindestens zweimal im Jahr besuchen oder kontaktieren, zusätzlich an einem offiziellen Feiertag. Das und finanzielle Unterstützung könnten die vernachlässigten Eltern einklagen und der Heimleiter fügte hinzu, dass er dann auch entsprechende Meldungen für eine Strafandrohung machen sollte.

Viktor wagte seinen beiden Flurgenossinnen gar nicht zu sagen, wie tief beschämt er von all dem war. Was würden sie von ihm denken! Er hatte beobachtet, wie die beiden Post von ihren Eltern bekamen und auch mitunter skypten. Wenn er erst wieder in Berlin wäre …

***

Und nun saß der Verlorene Sohn hier in der Gruppe, hin- und hergerissen: Eltern sehen, wieder Eintauchen ins Kleiner-Sohn- und ins Bruder-Schwester-Onkel-Leben? Allein der Name seines Heimatstädtchens riefe an seinem Körper allergische Rötungen hervor, erklärte er. Und doch spüre er in letzter Zeit auch immer häufiger, wie sein Herz in überraschend erwartungsfroher Kindermanier den Pulsschlag in die Höhe trieb. Und das schlechte Gewissen feuerte nach: Was machte Papas Rheuma, Mamas Diabetes, war die große Schwester mal wieder für alles zuständig …?

»Seltsam, wie viele Kinder hier in andere Länder gehen«, war die erste, spontane Reaktion einer Mutter aus der Runde. »Das wäre für mich eine große Erleichterung. Ich begegne meiner Tochter manchmal, bei uns im Kiez, und sie geht dann schnell auf die andere Straßenseite und dann ist mir der ganze Tag ruiniert. Neulich bin ich am selben Tag erst meiner Mutter über den Weg gelaufen, zu der ich selbst den Kontakt abgebrochen habe, und anschließend meiner Tochter – war das ein Horrortag! Meine Freundin hat mich sofort in ein Café gezogen und versucht alles mit

Humor zu nehmen: *Ihr seid ja richtige Wiederholungstäter in eurer Familie ...* Fand ich gar nicht witzig! Aber ich wollte sagen: So große Entfernungen können doch auch etwas Gutes haben, man kann als neuer Mensch dem alten Konflikt gegenübertreten.«

Das wolle er auch, meinte der Verlorene Sohn, doch er hätte furchtbare Bedenken, dass sein Vater überhaupt nicht so wie in der Bibel reagieren werde und ihm keinesfalls mit offenen Armen das verprasste Erbe und das jahrelange Schweigen würde verzeihen können. Es täte ihm alles sehr leid und sehr weh. Er sehne sich nach seinen Eltern, aber er schäme sich auch. Dort leben könne er nicht mehr, aber er habe auch Angst davor ganz zurückgestoßen zu werden, wenn er seine Familienrolle als *unser Kleiner* nicht mehr würde spielen können.

Das war eine neue Sichtweise für die meisten in der Gruppe, die sich selbst immer nur als diejenigen wahrnahmen, denen alle Zuwendung geraubt wurde: Auch die Kinder hatten möglicherweise Angst vor Zurückweisung! Der Verlust, die zerschnittenen Bande taten auch ihnen weh!
Karlotta saß da wie vom Donner gerührt. Daran hatte sie bisher überhaupt nicht gedacht! Bisher

106

empfand sie sich als diejenige, die nur verloren hatte, und Sebastian als den Eigennützigen, der alles mitgenommen hatte, was er brauchte, der nichts mehr abgab, und nichts mehr in seine alte Familie einbringen wollte. Wie gerne würde sie Sebastian wie einen verlorenen Sohn empfangen! Nicht mit großartiger Verzeihensgeste, darum ging es überhaupt nicht – Vergebung war nicht das Thema. Sie war nur so tief berührt davon, wie aus Viktors Abkehr eine bewusste Hinwendung zu seiner Familie geworden war. Nur diese Geste war ihr wichtig – bereit zu sein, einander wieder anzuschauen und genau hinzuhören. Und sie würde auf jeden Fall darauf bedacht sein, keine Zwischentöne zu überhören, so leise und verdeckt und unvermutet sie auch sein sollten. Darüber würde sie gern mit Sebastian reden – ob er das einmal würde zulassen können?

Ja, womöglich schon, meinte der Verlorene Sohn zu ihr, aber er selbst hätte eben viel Zeit und neue Erfahrungen gebraucht, bis er sich das eingestehen konnte, bis er seinen Verlust überhaupt richtig wahrnehmen konnte.

Das sahen manche der verlassenen Eltern nur widerstrebend ein, aber alle meinten, dass Viktor seinen Eltern offen sagen sollte, dass er sowohl Angst vor Ablehnung als auch vor Vereinnahmung hätte, denn damit würden sie wahrscheinlich ebenso wenig rechnen, wie das die Gruppe hier tat.

All das wollte Viktor nun endlich in seinem Brief schreiben, aber auch von seiner Liebe zu den Eltern wollte er darin sprechen.

Die gute Freundin Karina, die den Verlorenen Sohn begleitete, hatte dagegen einen ganz konkreten, gewissermaßen handfesten Anlass für ihr Verschwinden auf Nimmerwiedersehen vor acht Jahren. Ihre Geschichte begann im Gerichtsaal.

Beweisstück Nummer eins, Euer Ehren

Ein Ziehen ging durch die rechte Schulter der ältesten Tochter, Karina. Sie hatte versprochen, ganz pünktlich im Saal zu sein, die Mutter würde etwas später direkt vom Schichtdienst kommen. Die beiden kleinen Brüder waren zu Hause bei der Nachbarin. »Ich weiß gar nicht, was das alles soll. Geht niemanden was an, oder?«

Oder doch. Die Nachbarn hatten – zum wievielten Mal? – die Polizei gerufen. *Das bringe ich schon in Ordnung, mein Mann hat das nicht so gemeint, die Jungens sind aber auch einfach zu*

frech, da muss er schon mal Grenzen setzen. Ist
eigentlich ein guter Vater. Ich muss ihn doch
wohl kennen! Nein, wir brauchen Sie nicht. Wie,
Sie müssen es diesmal aufnehmen? Aber ich sage
doch, da ist nichts!

Wegen diesem *Nichts* waren sie nun hier im Gericht.

Den Vater hatte Karina kurz auf dem Flur gesehen. Dann kam jemand auf sie zu, ob es noch wehtue und ob sie sich zutraue, auf Fragen des Richters zu antworten. Beide Male kam ein leises »Ja« von ihr und sie spürte den Blick des Vaters und wurde schon wieder rot.

»Kindchen, das muss dir doch nicht peinlich sein. Da gibt es andere in deiner Familie, die …«, hatte die Nachbarin neulich zu ihr gesagt, als sie ihr glühendes Gesicht abgewandt hatte. Warum hatte die überhaupt mitten in der Nacht in der Waschküche auftauchen müssen, dumme Fragen stellen und die alte Geschichte vom Vorjahr ansprechen, als Karina die beiden Kleinen hier im Keller gefüttert hatte, weil in der Küche Krieg war. Oder die von damals, als sie die verweinten Augen und die Schramme am Arm der Mutter hier unten gekühlt und ihr die Bluse etwas zusammengesteckt hatte, damit die Nachbarin den Riss nicht sah. »Sie ist doch die einzig Vernünftige«, hatte der

Vater gesagt, als die Mutter ihm wieder einmal vorhielt, dass nie er sondern nur die Älteste kochte und das Zwei-Jungen-drei-Erwachsene-Chaos in der Winzwohnung in Schach hielt und Karina war ein bisschen rot geworden vor Stolz. Und dann hatte die Nachbarin in der Nacht, die Polizei war schon lange weg, noch gefragt, warum sie den großen Wäschekorb so unter den einen Arm klemme. Schließlich hatte sie Karina ins Krankenhaus gefahren, es tat doch zu weh. – Angebrochenes Schlüsselbein.

Das Ziehen in der rechten Schulter wurde stärker, als Karina sich in die zweite Reihe setzte und die Mutter sah; sie war wohl mit dem Vater durch die Seitentür in den Saal gekommen.

»Beweisstück Nummer eins, Euer Ehren, ein hölzerner Kochlöffel, sechsunddreißig Zentimeter, in zwei Teilen …«

Nach der Verhandlung sagte sie nichts zu Vater und Mutter, schaute sie nicht an, als sie hinausging. Karina war groß für ihr Alter, siebzehn, schon erwachsen, da gibt man keinen Abschiedskuss mehr und man muss auch nichts hinterlassen und auch nichts begründen, auch nicht in der WG am anderen Ende der Stadt.

***

Peinliches Schweigen. Es war das erste Mal, dass in der Gruppe Gewalttätigkeiten zur Sprache kamen.

»Ja«, sagte Karina, »seltsam, ich kenne so einige, die als Jugendliche verprügelt wurden, aber kein anderer hat seine Eltern verlassen. Diejenigen, die sich für immer zurückziehen, haben auch fast nie einen unmittelbaren Auslöser, also *jetzt reicht es einfach* und man geht, so wie bei mir. Da bin ich wohl eher die Ausnahme.«

Eine Mutter warf schließlich in die Runde, es möge ja seltsam klingen , aber so eine Situation von häuslicher Gewalt wäre eher eine Erleichterung für sie gewesen. Denn mit einem konkreten Anlass, so brutal er auch sei in diesem Fall, hätte sie besser umgehen können als mit der schleichenden Wortlosigkeit, die sie erst viel später als *Verlassen* erkennen konnte.

Neben dem Schlagen wurden auf einmal auch Missbrauchsfälle genannt, bei denen nach Jahren der Vertuschung die erwachsene Tochter plötzlich ging, weil sie endlich die Kraft gefunden hatte, die Mutter mit den Übergriffen des Vaters zu konfrontieren, während diese immer noch leugnete, etwas bemerkt zu haben.

»Bei denen, die ich kenne, die von ihren Eltern nichts mehr wissen wollen, geht es nur in einem Fall um sexuelle Gewalt. Das ist noch mal ein Tabu mehr und sehr belastet, sehr kompliziert«, fügte Karina hinzu. »Bei den meisten meiner Bekannten hat sich der Entschluss zum Gehen langsam aufgebaut und sie wissen mitunter nicht mehr, wie es schließlich genau dazu kam, dass sie nur noch wortlos weg wollten. Und wenn man den Kontakt erst abgebrochen hat, dann ist es nach einiger Zeit zu spät, dann kann man nicht mehr zurück. Dann ist alles zu viel geworden, das, was vorher passiert ist oder eben nicht passiert ist, und alles was inzwischen geschah. Ein einziges Vorwurfs- und Schuldbündel!«

Die Zeit war geflogen, der Verlorene Sohn und die Geschlagene Tochter wollten sich aber gern noch ein weiteres Mal mit der Elterngruppe austauschen.

Beim nächsten Mal berichtete Karina, wie es einigen anderen Freunden mit ihrem Gewirr aus Vorwürfen und Schmerzen ergangen war, aber auch mit ihren Befreiungsgefühlen, nachdem sie ihre Eltern verlassen hatten. Sie begann mit den Geschichten einer Freundin und eines Freundes, die beide in einem Wagendorf lebten beziehungsweise gelebt hatten …

Aus dem Wagendorf I

Ihr Vater soll die niedliche kleine Sandra mit Süßigkeiten nur so vollgestopft haben. Bis sie alleinerziehend wurde, sagte ihre Mutter immer, habe sie ständig gegen die töchterlichen Speckrollen ankämpfen müssen.

Später als Teenager war Sandra der Mutti wirklich dankbar dafür, bildete sich etwas ein auf die angeblich beste Figur in der Klasse. Sie ging mit zu Muttis Bauchtanzkurs und zum PC-Kurs, blieb länger mit ihr an der Ostsee, wo Mutti eine Saisonstelle im Hotel gefunden hatte, und Mutti regelte das mit der Schule.

Als ausgerechnet ein Jahr vor dem Abitur Sandras Noten absackten, nahm Mutti einen Nachtjob bei der Post an, um die Nachhilfestunden zu bezahlen. Nach dem Abi schaffte sie es, dass die Tochter noch eine Woche nach dem endgültigen Anmeldeschluss in die Dolmetscherschule aufgenommen wurde – Spanisch und Französisch.

Die ersten Reisen nach Barcelona und Paris waren aufregend. Zwei Freundinnen unterwegs – sie genossen Sonne und Weintrinken an der Strandbar, über manche Männer haben sie gemeinsam gelacht, die unerreichbaren Preisschilder in den Kaufhäusern wurden auf später vertröstet – wenn sie erst die Stelle bei der *Air France* haben würde ...

Als die Tochter schwanger wurde, suchte Mutti nach einem Ausweg. Aber die Tochter wollte nicht. Sandra würde die endlose, durchschriene Nacht nie vergessen. Zuerst gab Mutti Ratschläge, dann wurde sie immer unerbittlicher, schließlich brüllten sie sich nur noch an:

»Du hast doch keine Ahnung, was alleinerziehend wirklich bedeutet! Ich will dich nicht leiden sehen.«

»Mir kamst du nie leidend vor. Lass mich in Ruhe, ich bin schließlich fast dreiundzwanzig!«

»Dann mach doch, was du willst!«

Noch lange, nachdem die Tochter die Tür hinter sich zugeknallt und eine eigene Wohnung gesucht hatte, hat sie fast jeden Abend auf einen Anruf von Mutti gewartet.

Nach der Entbindung bekam Sandra vom Jugendamt Unterstützung, Mietbeihilfe und Angebote zur Gesprächstherapie. Die hat sie dann abgebrochen, sie konnte die Mutti-Geschichten nicht mehr ertragen. *Schluss mit diesem Anhäufen von Schuldgefühlen!* Sie zog wieder um, ließ sich nicht im Telefonbuch eintragen. Das wurde ihr als *Unstetigkeit und Unfähigkeit zur Selbstreflexion* ausgelegt. Im Kindergarten hieß es, Sandras Kleiner sei nur schwer sozialisierbar; sie zog mit ihm in eine Art *Betreutes Wohnen*. Als sie erfuhr, dass seine Großmutter ihn mitunter von fern im Kindergarten beobachtete, rastete sie aus. Sandra konnte erst wieder aufatmen, als sie mit ihrem kleinen Sohn in der Wagenburg auf der Wiese am ehemaligen Mauerstreifen aufgenommen worden war.

In der Schule muss Mutti später einen Hinweis gegeben haben. Sandra wusste nicht, wie sie überhaupt von dem Wohnwagen erfahren hatte. Auf jeden Fall stand plötzlich eine Sozialarbeiterin vor ihrem Wohnwagen, die sich alles genau anschaute: die vielen Kräuterbeete, die Pflanzenkläranlage, das Café, die Bühne (einer ihrer Bereiche), die Art, wie die Kinder miteinander und mit den Tieren umgingen. Sandra ließ ein wohlwollendes Schulterklopfen über sich ergehen. Auch gut.

Sie will nur ihre Ruhe haben, bis heute.

Inzwischen sieht ihr Sohn seine Großmutter gelegentlich. Er macht eine Ausbildung zum Einzelhandelskaufmann. Sagt, das ewige Geklage der Großmutter über seine verpassten Chancen ginge ihm nach einem besonders harten Tag schon auf die Nerven, aber, nun ja, Oma bleibt Oma ... Er fragt seine Mama gelegentlich, ob sie ihre Mutti nicht doch einmal in den Wohnwagen einladen will ...

Aus dem Wagendorf II

»Jetzt kommst du an und willst mit mir reden? Warum jetzt?«

»Ich wollte einfach hören, wie es dir geht.« Der junge Mann sieht seinen Vater abwartend an.

»Hat das was mit den Pachtverträgen zu tun, an denen wir jetzt feilen, oder mit den funktionierenden Toiletten – wir sind ja hier eine richtige Erfolgsgeschichte geworden ... so was magst du doch!«

»Bitte, Vater, nicht! Ich dachte, es ist doch bald Herbstfest, da könnte ich vielleicht helfen. Ist Bruno noch da?«

»Ja natürlich, der ist nicht einfach abgetaucht, nachdem er hier Jahre lang die Hilfe bei den

Schularbeiten und die Grundkenntnisse in Solartechnik abgegriffen hat.«

»Vater, bitte, du weißt, wie wichtig mir der Erlanger Studienplatz war, du fandest das damals auch gut.«

»Ist das ein Grund, sich vier Jahre lang nicht mehr zu melden? Andere kommen immer wieder zurück und sind da, wenn wir sie brauchen, nur mein Herr Sohn nicht.«

»Aber *du* hast mich rausgeworfen, *du* wolltest mich nicht mehr sehen!«

»Ich bin laut geworden, weil mir dein abschätziges Gerede über unser Zigeunerleben auf den Nerv ging, weil du undankbar warst, weil du nicht einsehen wolltest, was die Leute hier für uns getan haben nach der Scheidung, weil ...«

»Hör auf, Vater, bitte, das ist es ja. Ich bin doch dankbar, aber ich konnte es nicht jeden Tag hören. Und die Arbeit auf dem Gelände war wirklich ziemlich anstrengend.«

»Du wolltest natürlich lieber auf einen ruhigen Nine-to-five-Job hinarbeiten, mit sauberen Händen, heißer Dusche und ohne Abstimmungsdiskussionen.«

»Das ist unfair, du bist der Beamte hier, du bist der Lehrer, da kann ich gut mit Lebensformen experimentieren. Aber ich arbeite in einem kleinen Unternehmen für Windanlagen, das demnächst wieder verkleinert wird.«

»Ach, wie toll auch mal zu hören, was du so machst. Da hätten wir dich hier gut brauchen können.«

Schweigen. Beharrlich. Von beiden Seiten.

Der Hund trottet heran und legt sich zwischen ihre Füße. Zwei Vorbeigehende grüßen kurz, steigen die Treppe hinauf in den dahinterstehenden Wagen, aus dem gegenüberliegenden kommt das Klappern von Geschirr, dann Ruhe, es riecht nach Feierabend.

Sind ganz schön viele Sträucher angegangen, denkt der Sohn, *alles richtig dicht und grün geworden. Aber hier wohnen?*

Jetzt sieht er sich schon wieder so herablassend um, denkt der Vater, *was er wohl wirklich will?*

Verheddert wie eine Hundeleine liegt der Gesprächsfaden zwischen ihnen.

Männerverstcherin

»Wir stellen unsere Zeichentische am besten an die gegenüberliegenden Wände, im Neunziggradwinkel zum Fenster – passt ja gut, dass du

Linkshänderin bist, da ist das Licht für uns beide von der richtigen Seite, und gleich neben mir ist noch Platz für meinen Schreibtisch.«

Das sah Bernadette auch so. Das erste eigene Büro für zwei junge, aufstrebende Architekten, die sich noch dazu liebten, die Zukunft schien rosig durch die hohen Altbaufenster.

Was die Mutter nur hatte – sie konnte Bernadettes Freund, und nun auch Geschäftspartner, eben einfach nicht leiden. Alles musste sie an ihm kritisieren! Gabriel hat kein Geld einbringen können, er hatte während des Studiums nichts verdient und von seiner Familie war nun einmal nichts zu erwarten. Jaja, er war ziemlich zögerlich bei Entscheidungen, aber es war doch sehr löblich, dass er es sich nicht leicht machte, wenn es um das Geld anderer ging.

Bernadette war ihrer Familie sehr dankbar – neben einem Haus, das ihr schon lange überschrieben war, hatten ihr die Eltern jetzt, nur drei Jahre nach dem Examen, den Kauf der Büroräume mitsamt Ausstattung finanziert. Gabriel hatte sich doch total eingebracht: »Die Einrichtung muss einfach eine anmutende Sprache sprechen, passend zu unserer Klientel – neue Sachlichkeit wäre gut.«

Das fand Bernadette auch. Er hatte einen enorm sicheren Geschmack, wie sich in den langen

Auswahlprozessen eines jeden Details gezeigt hatte.

Auch als er letztes Jahr in ihre Wohnung einzog, war das sofort zutage getreten. Zuerst hatten sie die Rattansessel mit den Kuscheldecken in den Keller gebracht. Ihre riesige, kunterbunte Flurwand aus Merkzetteln, alten Hochzeits- und sonstigen wichtigen Einladungen, Urlaubs- und Familienfotos zog sie zusammengeschnitten auf ein zeichenbrettgroßes Pinboard auf, laminierte es, Sticker drauf für neue Termine, hinter ihrer Zimmertür befestigt, fertig. Genialer Einfall von ihm.

»Sag mal, findest du nicht auch, eure Küche ist einfach nicht retro genug, als dass sie chic wäre?« Das hatte Gabriels Freund gesagt, bevor er in eine andere Stadt zog und ihnen seine Küche günstig überließ – das vorherrschende Schwarz-Weiß im kühlen Italodesign überzeugte Bernadette sofort und absolut.

Ihre Mutter bewies mal wieder keinen Stil. »So ungemütlich hier«, hatte sie geschaudert, »du bist überhaupt nicht mehr spürbar, als würdest du hier gar nicht wohnen.«

Wahrscheinlich war die Mutter nicht nur beleidigt, weil Bernadette schon den zweiten Sonntag beim Großfamilien-Abendbrot mit Geschwistern samt Anhang gefehlt hatte, sondern auch, weil sie Mutters großen Petersdom-Druck vom letzten gemeinsamen Familienurlaub aus dem Wohnzimmer abgehängt und durch ein abstraktes Foto von einem von Gabriels Fotografenfreunden ersetzt hatten. Wenn es um Familie ging, schnappte sie immer gleich ein!

»Oh, noch lange nicht«, hat Gabriel bei dem Essen zu ihrem neunundzwanzigsten Geburtstag auf Mutters peinliche H-Frage geantwortet, »nicht wahr, Schatz? Wir wissen gar nicht, ob wir überhaupt heiraten wollen. Wir brauchen zuallererst einmal den beruflich-kreativen Findungsprozess.«

Und dann setzte die Mutter noch eins drauf und brachte die notorische biologische Uhr ins Spiel. Da konnte man doch verstehen, dass Gabriel einfach das Restaurant verlassen hat!

Dummerweise blieb Bernadette nach dem betretenen Schweigen noch eine halbe Stunde, in deren Verlauf sich die Eltern ganz plötzlich so richtig outeten. Ihr Vater brachte Zumutungen vor, wie der Gute denke für seinen Geschmack zu wenig an sie beide als Familie, sondern wohl eher als Geschäftseinheit und wo sei eigentlich sein Anteil an der Verantwortung? Die Mutter katapultierte sich daraufhin in eine verquere

Vorwurfspirale, die mit den üblichen Vorhaltun-
gen zur Arbeitsverteilung im Haushalt begann
und sich hinaufzwirbelte bis zu der Warnung,
dass man einem Mann nicht alle seine Bedürfnis-
se bei Tag und Nacht und ganz umsonst erfüllen
dürfe … sonst werde man zur einäugigen Män-
nerversteherin!

*Wo hat Mutter denn das bitte her? Gott sei Dank
hat Gabriel das nicht mit anhören müssen!*

Bernadette steht auf. Mit solchen Leuten will sie
nichts mehr zu tun haben. – Endgültig nicht
mehr.

***

Karina fragte selbst in die Runde, was die Eltern
wohl glaubten, ab wann ihr fürsorgliches Wohl-
wollen und die sicher liebevoll gemeinte Ausstattung aus Kindersicht einfach nur noch als Über-
griffigkeit erlebt werden konnten.

Und wieder ging es um die Sprachlosigkeit, darum, dass die heranwachsenden oder erwachsenen Kinder nicht früh genug mitteilten, dass sie
und wo sie mehr Freiraum wollten. Oder dass die
Eltern die Einhalt gebietenden Signale überhör-
ten. Und dann folge eben das große Schweigen.

Verstummen als Kapitulation vor den Eltern, aber auch vor sich selbst.

Mehrere Familien-Aussteiger hatten Karina erzählt, wie sie auf diese Weise langsam aber sicher in einen Strudel aus Unterlegenheitsgefühlen geraten waren und wie sie auch gespürt hatten, dass das bei ihnen im Gegenzug eine immer weiter ansteigende Aggressivität gegen ihre Eltern hervorgerufen hatte.

Das ging Karlotta sehr nahe. Hatte sie, hatten sie beide, als Nikolaus noch lebte, Sebastian mundtot gemacht? Waren seine ausfallenden Ausbrüche vielleicht auf frustrierte Befreiungsversuche zurückzuführen? Befreiung von ihrem viel zu gut gemeinten *Schau mal, Sebastian, hier ist die Welt, stürz dich hinein und hol dir das Gute und Interessante heraus*? Aber er konnte die elterliche und später ihre Sicht von gut und interessant vielleicht einfach nicht teilen, geschweige denn ihr das so klar sagen.

Diese überraschende Gedankenwende machte Karlotta tieftraurig – hatte sie schon so lange ein falsches Bild in sich herumgetragen? Es tat ihr leid, wenn sie nicht genau genug hingehört und Sebastian damit verletzt hatten, als er vielleicht angesprochen hatte, dass sie ihm keinen Bewegungsspielraum ließen. Es tat ihr leid, wenn er ihr seine eigenen Wertigkeiten und Interessen nicht vermitteln konnte, weil sie sie nicht wahrgenommen hatte oder sie nicht bemerken wollte, weil sie nicht die ihren waren und vor allem: dass sie sich darüber nicht austauschen konnten! An dem Punkt würde sie gern ansetzten, aber Karlotta wusste inzwischen – und spürte es auch an ihrem Zögern, Sebastian zu bitten mit ihr zu reden –, dass ein wirkliches, ehrliches Gesprächsbedürfnis sich erst noch auf beiden Seiten entwickeln müsste.

In der Abschlusssitzung mit den *Kindern* berichtete der Verlorene Sohn, dass er den Brief an seine Eltern noch nicht geschrieben habe, es aber tun würde, sobald er finanziell etwas besser dastünde, und das könnte in wenigen Wochen sein. Karina traf sich in größeren Abständen mit anderen *Kindern*, sie lehnte den Kontakt zu ihren Eltern nach wie vor ab. Aus Selbstschutz, sagte sie. Ihr sei klar geworden, warum die Schulterschmerzen und das Rotwerden endgültig überwunden waren. Es gehörte nun zu ihrer endlich erworbenen Selbstbestimmtheit, ganz ohne familiäre Altlasten zu leben. Als sie einmal zufällig einen ihrer Brüder traf, hat sie versucht ihm das klarzumachen, und auch, dass sie sich wunderbar leicht und frei fühlte, seit sie ihre *Eltern-Phase*, ihren Lebensabschnitt mit den Eltern und damit auch die Eltern selbst, endgültig verlassen hatte. Sie hat ihre Kindesrolle abgelegt.

Der Traum
Sigrid Hacker, roter Ton, 1990

Raus bist du noch lange nicht

Karlotta hatte selbst heftig für das Aufbrechen von starren Rollenmustern gestritten, aber aus der entgegengesetzten Perspektive: aus der Sicht der Frauen- und Mutterrolle. Ihre Freundin Verena hatte sie zum Abendessen in ihre neue Wohnung eingeladen und Karlotta erzählte ihr, wie sich Anfang der 70er-Jahre die Studentinnen in den Frauenstudienkursen, den späteren Genderstudies, die Köpfe heißgeredet hatten:

Rabenmutter oder emanzipierte Frau, was wird man, wenn es gelingt *To phase out your children* – wenn die Frau die Zeit mit ihren Kindern lediglich als eine von mehreren Lebensphasen durchläuft, dann ganz hinter sich lässt und ihre Kinder nicht mehr sieht?

Verena glaubte nicht, dass so das Idealbild der neuen totalen weiblichen Selbstständigkeit aussehen könnte und äußerte den Verdacht, dass hinter so einem *Phasing out* immer irgendeine nachtragende Verbitterung, ein unverarbeitetes Ressentiment liegen müsse.

Erstaunlicherweise sagte Verenas Mutter, die auch zur Wohnungseinweihung gekommen war, dass das doch einfach heißen könne, dass es neben den längst gewohnten Lebensabschnittsgefährten und -gefährtinnen damals auch die Lebensabschnittskinder gegeben hätte – sie habe Ähnliches tatsächlich einmal gehört.

Lange her, diese Art von Rollenstreit!

Und nun, als beinahe verlassene Mutter? Da ertappe Karlotta sich dabei, wie sie dem Ideal der lebenslangen Eltern-Kind Verbundenheit nachhing; irgendwann auf dem Weg zwischen mütterlicher Verantwortung und Liebe hatte es sich bei ihr in Kopf und Herz eingenistet. Sie wollte kein *Phasing out* und wollte trotzdem ihr Leben noch bewusster allein und mit noch größerer innerer Eigenständigkeit leben.

Osterreise

Es war das erste Mal, dass Karlotta nicht losrannte. Sonst hatte sie das immer getan, wenn das Telefon an einem Feiertag mittags klingelte, denn da passte es gut mit der Zeitverschiebung. Immer zwei Stufen auf einmal, nach oben ins Arbeitszimmer, Hörer ab: *Ja?*

Dieses Mal hörte sie später den Anrufbeantworter ab: »Hallo Mama, wollte dir Frohe Ostern wünschen. Soll ja nicht so tolles Wetter sein in Deutschland – hier in New York sind es zweiundzwanzig Grad.«

Sie würde später zurückrufen, oder morgen. Sebastian brauchte nichts zu wissen; nicht, dass sie weg und schon gestern wieder zu Hause war von ihrer ersten Kurzreise, die sie ohne Begleitung, die sie ganz allein gemacht hatte. – Eine Flucht vor den Feiertagen, bei den ersten Frühlingsstrahlen der letzten Woche kurz entschlossen gebucht. »Ich freu mich drauf«, hatte sie zu einer Freundin aus ihrem amerikanischen Frauenklub gesagt, »Inselspaziergänge, lesen, schreiben, das tut so gut …« Und die hatte geantwortet: »I don't know … Quiet solitude by the seaside.« Solitude, Einsamkeit – diese Amerikaner, so negativ besetzt bei denen, das Wort. *Wer ist denn hier einsam? Das ist bewusste Kontemplation, durchatmen, Wellen, Sonne, Seeluft nach dem nicht enden wollenden deutschen Stadtwinter.*

Aber der Winter wollte noch immer nicht zu Ende sein. Schneeregen auf der ganzen Busfahrt und dann ununterbrochen auf der Insel. Trotzdem herrliche Luft, dicke Sachen an, die hohen Stiefel im Nu klatschnass, aber nach langem Marsch am Meer genoss Karlotta die Beschaulichkeit des Karfreitagsgottesdienstes in der Heringsdorfer Kirche im Walde.

Der preußische Monarch hatte sie eingeweiht, fast auf den Tag genau vor hundertfünfundsechzig Jahren, kurz nachdem er sich vor den Gefallenen der Märzrevolution verneigt und eine konstitutionelle Monarchie versprochen hatte. Mit ungebrochener wilhelminischer Majestätswürde hatten Karlotta jedoch vorhin, umheult von Wind und Schneegriesel, die großen, selbstbewussten Anwesen auf der kilometerlangen Kurpromenade angeblickt. Kaiserbäder an der Ostsee, weniger respektvoll auch: *die Badewanne von Berlin.*

Karlottas Gedanken blieben plötzlich wieder an ihrem gehetzten Aufbruch hängen. Früh am Morgen, zu Hause in Berlin, war das Missgeschick passiert, das erste Mal nach so vielen Reisen! Sie hatte ihr Köfferchen vor die Tür gestellt und wollte sich gerade umdrehen, um einen Abschlussblick in Flur und Küche zu werfen, und *Klick*, war die Haustür zugefallen. Der Schlüssel steckte innen. *Sofortige Panik, fünf Uhr früh, da kann man nicht bei Nachbarn klingeln, auch nicht bei befreundeten, der Bus geht in einer Stunde – hierbleiben? Schlüsseldienst? Am*

Dienstag schon zurück, dann auch noch Zeit,
Freunde mit Ersatzschlüssel von unterwegs an-
zurufen! Die sind vielleicht weggefahren ... doch
hierbleiben? Schlüsseldienst? Du machst jetzt
nicht schlapp! Auf zum Usedom Express!

Nun war sie froh, dass sie losgehastet war. In der Kirche war es warm und anheimelnd; die vertrauten Worte der Lesung, abwechselnd mit Musikstücken, dargebracht von den einheimischen Interpreten – schön. Dann wieder hinaus ins Schneetreiben. Zurücklaufen nach Ahlbeck, schnell noch auf die Seebrücke, eine Fischsuppe am Drehort von Loriots *Pappa ante portas.* – Da sag noch einer, hier würde nichts geboten!

Dann kam eine Mitfahrerin aus dem Bus ins Restaurant und setzte sich zu ihr: »Schrecklich, so an Feiertagen ohne Kinder, oder haben Sie keine? Meine Tochter lebt in Süditalien, das ist zu weit. Wir haben ja ein gutes Verhältnis, ein sehr gutes sogar, aber es ist eben zu weit. Nun ja, seit sie auch noch das dritte Kind bekommen hat, haben sie sich eine Bambinaia genommen, die wohnt bei ihnen, da braucht es mich nicht mehr so. Früher war ich zu allen Feiertagen da, aber es ist eben weit, sehr weit, ich werde ja auch nicht jünger, meine Tochter ist da sehr rücksichtsvoll.«

Dann erzählte Karlotta der Busnachbarin von ihrer Aussperrung am Morgen, dachte wieder an den Feiertags-Schlüsseldienst – und wenn der den innen steckenden Schlüssel nicht herauskriegt, wenn die Tür aufgebrochen werden muss?

Dann am Abend, in ihrem kleinen, gemütlichen Einzelzimmer mit Bad und Frühstück in einer Villa der beliebten Kaiserbäder-Architektur, blätterte Karlotta den Veranstaltungskalender durch, für jeden Tag mit Ortsplan und Informationen. Es waren einige wirklich interessante Sachen dabei.

Am Samstagmorgen waren ihre Stiefel immer noch nicht ganz trocken. Sie war um halb neun beim Frühstücksbüffet und traf eine andere Mitfahrerin aus dem Bus. Als die ein Foto von ihrer Tochter herausholte, die in Süddeutschland lebte und die sie eigentlich immer zu Weihnachten oder Ostern besucht hatte, unterbrach Karlotta sie mit: »Entschuldigung, ich muss noch ein paar Telefonate machen.«

Im Schneeregen war sie zur Rezeption geeilt, hatte die nächste Zugverbindung nach Berlin erfragt, von unterwegs die Freundin mit dem Ersatzschlüssel angerufen und einen lieben Nachbarn, ob er die Nummer von einem Schlüsseldienst heraussuchen könnte, sie stünde so gegen drei sehr wahrscheinlich draußen vor ihrer Tür.

Es geschah ein kleines Ostersamstagswunder: Der Ersatzschlüssel drehte sich im Schloss, Karlotta trat ein, ihr Heim umfing sie. Die Nachbarn von gegenüber luden sie zum Osteressen ein und die von nebenan brachten ihr das Blumenpaket von Frankfurter Freunden, das am Morgen für sie abgegeben worden war.

Am Sonntagmittag stand der dicke, gelbe Tulpenstrauß auf dem Tisch, sie machte sich das späte Osterfrühstück mit süßem Brot, Klassikradio und Käse. Die Eierpfanne brutzelte, als das Telefon klingelte.
Dieses Mal musste Karlotta nicht mehr hinrennen. Sie würde später den Anrufbeantworter abhören.

Mit Bedacht hob sie den stärkenden, wärmenden Koriander und die aufhellende Vanille unter das bunte Osteromelett und bereitete sich genüsslich noch einen Kaffee mit süß duftendem Zimt.

***

Für das letzte Treffen vor der großen Sommer-
pause hatte Annis Rundmail die Gruppe gleich
zu Beginn zum *Oleanderbusch* bestellt, dem Ita-
liener am Ende der Straße, der ihnen schon oft
nach hitzig durchdebattierter oder niederdrü-
ckender Sitzung den tröstlich lindernden Aus-
klangstrunk serviert hat – wurden doch schon im
alten Rom dem Oleandersaft magische Heilkräfte
für Leib und Seele zugeschrieben …
Dieses Mal erwartete sie ein blumengeschmück-
ter Tisch mit Prosecco und Antipasti. – Urlaubs-
freude oder hatte jemand Geburtstag?

Eltern im Glück

Eines der beiden Elternpaare strahlte allen entgegen: Es hatte Kontakt gegeben! Der Sohn hat
sie plötzlich eingeladen! Sie haben ihren Enkel
kennengelernt, Sohn und Schwiegertochter wollten sie wiedersehen. Das musste gefeiert werden!
Mit Tränen in den Augen erzählte die Mutter von
der ersten Zusammenkunft nach den vier langen,

verstummten Jahren. Wie sie den Garten am sonnigen Nachmittag durchschritten hatten, mit so anders klopfendem Herzen als vormals, als sie ihn nur heimlich in der Nacht mit Enkel-Geschenken bestückt hatten. Wie sie das erste Mal das Haus von innen gesehen hatten. Wie der Enkel auf ihrem Schoß saß. Wie die Schwiegertochter in der Küche zu ihr sagte: »Wir wollen einfach alles vergessen, nie wieder darüber reden, nie wieder soll es werden, wie es war.«

Dieses Glück wollten sie mit allen teilen, sagte der Vater: »Zum Wohl, und dass es noch mehreren, nein, euch allen auch so geschehen möge!«

Er war noch immer ziemlich durcheinander. Er wusste nicht, warum der Sohn plötzlich auf seine x-te E-Mail geantwortet hatte. Er hat auch nicht gefragt, hat den gemeinsamen Rundgang durch den Garten genossen, mit ihm über den selbst gebauten Holzschuppen gefachsimpelt und überrascht den Satz gehört: »Wenn du dir gelegentlich mal den Keller ansehen könntest, ich muss da was ausbessern.«

Er war inzwischen noch einmal bei der jungen Familie gewesen – Opapflichten.

Alle redeten durcheinander, umarmten die Strahlenden mit kleinem, verstohlenen Schneuzen bei der ein oder anderen staunenden Zuhörerin, die

Männer klopfen dem Vater auf die Schulter –
Anerkennung, Neid?

Die Mutter des suchtkranken Sohnes, der katego-
risch jeglichen Annäherungsversuch ablehnte,
musste weinen, versuchte sich zu fassen: »Warum? Wie habt ihr das bloß geschafft?«

Die Glücklichen wussten es nicht. Nur, dass sie
immer geschrieben hatten, nach jeder noch so
ausfallenden Zurechtweisung, brüsken Verweige-
rung, schließlich dem totalen Kontaktabbruch:
Sie hatten immer wieder geschrieben. Hatten
einsichtig nach elterlichen Fehlern gefragt. Zuerst hatten sie um Erklärung gebeten, regelrecht
gefleht hatten sie. Die glücklichen Eltern erinner-
ten die anderen daran, wie sie sich, mutlos und
eingeschüchtert, oft in der Gruppe Kraft geholt
und dann wieder Briefe, E-Mails und SMS-
Nachrichten mit demselben Inhalt geschickt hatten: *Auch wenn ihr jetzt nichts mit uns zu tun haben wollt, wir sind immer für euch da und warten
auf ein Zeichen von euch.* – Und es kam tatsächlich.

*Jetzt nur vorsichtig sein und die alte Angst vor
der schroffen Ablehnung und dem Absturz ins
schweigende Verlassensein schnell versenken,
nicht hochkommen lassen –* das war neben der
Freude ihr vordringlichstes Gefühl. Der Ritt der

Eltern über den zugefrorenen Bodensee – *jetzt nur nicht daran denken, welche Tiefen sich unter der dünnen Schicht auftun könnten, nur frohgemut vorwärts, nur alle Abgründe schnell hinter sich lassen!*
Die glücklichen Eltern wollten nichts fragen, niemals, sie waren ganz voller Wiedersehensfreude, voller Pläne, ganz voller Dank.

***

Karlotta musste einen Moment allein sein, trat hinaus in den Restaurantgarten, schaute in die Oleanderbüsche, wollte gern deren magische Kräfte anrufen. – Kräfte gegen ein flaues Gefühl in der Magengegend und den aufsteigenden Schwindel im Kopf. Sie konnte nicht leugnen, dass ihr Unbehagen weiterschlich, sich verbreiterte, vertiefte und langsam zur Wut auswuchs.
Das sollte er also sein, der ersehnte Augenblick? Vielleicht hätte sie als Mutter ja auch einmal das Glück zu erfahren, dass sie nicht ganz *rausgezählt* war aus dem Spiel, sondern urplötzlich irgendwie wieder in den Kreis hinein und *Ene, Mene, Mu-tterglück* wieder mitspielen durfte? Aber irgendwann, schlagartig und ohne Erklä-

rung wieder aufgenommen zu werden – das konnte der Moment nicht sein, von dem sie sich das Wachsen eines neuen gegenseitigen Verständnisses erhofft hatte! Karlotta erschien das eher wie ein Gnadenakt, aus unerfindlichen Gründen den verstoßenen Eltern gütig gewährt!

So richtig es sein mochte, das Kind gehen zu lassen, geduldig zu sein und es sich finden zu lassen, keine Begründungen zu verlangen, nichts zu problematisieren und nur zu signalisieren, dass Mutter und Vater beständig für das Kind da sind und warten, ohne Wenn und Aber warten …

Nein, sträubte es sich in ihr, nein, solch eine Art des Wiederkommens, solch eine Wiederaufnahme des so hübsch fröhlich leuchtenden Familienbandes, das war ihr zu kindhaft-willkürlich! Sie wollte ein erwachsenes, gleichberechtigtes miteinander Umgehen und nicht eines, bei dem einer bestimmte, wer wie mitmachen durfte.

In einem befreiten Aufatmen wich Karlottas Wut allmählich: Das war es! Sie konnte gar nicht *raus* sein, denn sie hatte plötzlich erkannt, dass sie bei diesem Spiel nicht mehr mitspielen wollte!

Nach dem Sommer meldete sich gleich der alleinerziehende Vater zum Thema *überraschende Kontaktaufnahme* zu Wort. Auch ihm hatte die

Schilderung der *Eltern im Glück* keine Ruhe gelassen und er sagte, er habe in der Zwischenzeit lange über sein eigenes, ebenfalls ganz plötzliches und unerwartetes Zusammentreffen mit seinem Sohn nachdenken müssen.

Rat für Gegenseitige Wirtschaftshilfe

Vati ich brauch deine Hilfe, hatte am späten Abend die SMS aufgeleuchtet, und nachdem sein erster Impuls des Zorns – *Was, auf einmal, nach acht Jahren des Schweigens?* – verflogen war, siegte die väterliche Fürsorge: *Ist dir was passiert?*
Nein, nein, aber können wir uns am Wochenende sehen?
Ja, Sonntag um 3 bei mir?
Ja.
Der Vater hatte genau diesen Hilferuf spät nachts schon einmal gelesen, auf einen Zettel gekritzelt, auf der Flurablage der Zweiraumwohnung, damals in Pankow, vor über fünfundzwanzig Jahren.

Besorgt hatte er seinen Dienstreisenkoffer abgestellt und den Jungen geweckt, der ihn sofort hellwach fragte: »Vati, die Mikrochips mit vier Megabite sind doch zuerst von den Japanern herausgebracht worden und nicht von uns, oder? Du hast es mir doch erzählt nach deiner letzten RGW-Sitzung, als du in Moskau warst! Du bist doch ein verdienter Diplomingenieur und weißt das besser als die Lehrerin, nicht? Das hab ich ihr in der Klasse auch gesagt und als sie gesagt hat, sie will das nie mehr hören, hab ich gefragt, ob man denn hier nie die Wahrheit sagen darf. Und morgen sollst du mit zum klärenden Gespräch kommen.«

Alarmglocken.

»Ihr Sohn hat sich despektierlich und sachlich unzutreffend der Fachkollegin gegenüber geäußert und damit in der Klasse ein schlechtes Beispiel gegeben. Hat der Schüler Alexander noch etwas dazu zu bemerken? Nein? Dann verlässt er jetzt bitte den Konferenzraum. – In Anbetracht Ihrer speziellen Situation als alleinerziehender Vater nach der zum Kindeswohl vollzogenen Scheidung möchten wir Sie, Genosse Ingenieur, unserer Unterstützung versichern. Wir sehen, wie gut Sie Ihren Sohn in den vergangenen Jahren versorgt haben und er zeigt auch sehr gute Leistungen, aber in Anbetracht dieses Vorkommnisses bieten wir Ihnen mit sofortiger Wirkung einen Heimplatz für ihn an.«

»Danke, aber nein danke. Alexander hat die völlige Trennung von seiner Mutter nach unserer Scheidung und die Versetzung seiner alkoholkranken Mutter nach Thüringen inzwischen weitestgehend schadlos verkraftet. Wir zwei haben uns ganz gut eingerichtet, eine weitere Veränderung sehe ich als eher beeinträchtigend für sein jugendliches Wohl an.«

»Ganz Ihrer Meinung, Genosse Ingenieur, geregelte Abläufe und Strukturen üben stets einen unschätzbar positiven Einfluss auf die Jugend aus. Wir könnten ihm die Bewerbung für die Offizierslaufbahn nahelegen, eine Militärlaufbahn mit klaren Zielsetzungen wäre eine weitere positive Unterstützung seiner Persönlichkeitsbildung.«

»Ich bitte Sie, im Moment auf dieses Privileg zu verzichten. Mein Sohn wird in einem halben Jahr vierzehn, da steht ja auch die Jugendweihe an. Das lässt der Lehrerschaft noch etwas Zeit, um über seine beste Eignung zu befinden.«

»Puh, gerade noch einmal abgewendet«, erklärte der Vater später seinem Alex zu Hause.

Aber von nun an keine unvorsichtigen, provozierenden Sprüche mehr! Schließlich hatte er sich auch für ihn in die Delegation zum Rat für Gegenseitige Wirtschaftshilfe schicken lassen! Eine Position, die günstig war, um technische Neuheiten mitzubekommen, aber auch, um eventuelle Wünsche auf der Alltags- oder Lebensplanungsstrecke zu erleichtern – wie er heute selbst hatte miterleben können.

Alex verstand. Sie hatten einen ihrer langen Kino-kochen-radfahr-Sonntage und er war seinem Vati zutiefst dankbar. Er wollte auf keinen Fall eine Berufsausbildung bei der Nationalen Volksarmee.

Anderthalb Jahre später verwirklichten sich für Vater und Sohn die Blühenden Landschaften Helmut Kohls in Form einer Dreieinhalbzimmerwohnung im Westteil der Stadt, die ein alter Kriegskamerad dem Vater einmal hinterlassen hatte und die sie nun beziehen konnten; aber die beste Blüte war die freie Abitur- und Studienwahl für Alex: Er wurde Lehrer für Physik und Mathematik.

Das Leben war schön – bis sich vor acht Jahren die Mutter aus dem Thüringer Exil nach Berlin zurückmeldete. Ihre frühen Jahre des real existierenden Alkoholexzesses samt Anklage wegen fortwährender, extensiver Kindesvernachlässigung und der wiederholte Entzug lagen weit hinter ihr, hatten nichts mehr mit ihr zu tun. Voller Tatendrang rief die umgeschulte Buchhalterin aus ihrem Berliner Büro plötzlich ihren Ex-Gatten an, um nach der Adresse ihres Sohnes zu fragen. Wie, er wohne mit seiner Freundin zusammen, warum er denn nicht verheiratet sei als inzwischen gut Dreißigjähriger?

Alex und seine Freundin luden die Mutter gleich zu sich ein. Die drei verstanden sich auf Anhieb. Alex' Erinnerungen an eine weitgehend heitere, in vieler Hinsicht wohlbehütete Jugendzeit bekamen unter den mütterlichen Nachfragen und Kommentaren allerdings eine ganz neue Färbung, verloren an Glanz.

Das erste gemeinsame Abendessen mit Frau und Sohn in trauter Familienrunde wurde zum Desaster. Es gipfelte im allerersten Krach mit seinem Sohn, wobei der Vater gar nicht mehr sagen konnte, wie es zur Eskalation kam, nur Alex' letzter Satz hat sich in sein Gedächtnis gebrannt: »Du bist schon ein richtiger Bourgeois geworden in deiner Luxusherberge!«

Danach war Funkstille.

Einmal kam ein Anruf der Mutter beim Vater, sie ginge nach Thüringen zurück, nein, sie wisse auch nicht, warum Alex sich nicht mehr bei ihm melde.

Acht Jahre lang fragen und bitten – Funkstille.

Wir sind zwei erwachsene Männer, lass uns reden – Funkstille.

Was hab ich falsch gemacht? – Funkstille.

Fragen und bitten – Funkstille.

... bis nun plötzlich die nächtliche SMS aufleuchtete.

Beim Treffen hantierte der Vater nervös mit der Kaffeekanne herum, wusste nicht, wie er das Gespräch beginnen sollte, zu viele Fragen tobten in seinem Kopf.

Alex kam sehr schnell auf den Punkt: »Vati, ich brauche deinen RGW, deinen Rat für gegenseitige Wirtschaftshilfe«, witzelte er los. »Kurzum, wir haben gerade ein äußerst günstiges Angebot für eine wirklich einwandfreie Eigentumswohnung und da dachte ich, wenn du deine verkaufst, könntest du uns doch vielleicht helfen.«

Alex' frühere Freundin, die inzwischen Anwaltsgehilfin und seine Frau geworden war, hatte schon die entsprechenden Vertragsentwürfe für die Übertragung des Vermögensanteils vorbereitet. Wirklich ganz leicht, so eine vorweggenommene Erbfolge, denn Alex bekäme als einziges Kind sowieso einmal alles, sagte sie. Und dass sich der Schwiegervater bitte etwas beeilen solle mit allem, denn er wolle sein demnächst zu erwartendes Enkelkind doch bestimmt schon in ihrer schönen, neuen Wohnung kennenlernen, sagte sie …

***

Erschöpft schwieg der Vater, sagte dann leise in die Runde: »So sah der plötzliche Kontaktüberfall bei mir aus. Ich weiß bis jetzt nicht, ob der Familienkrach der Auslöser war – ein Gespräch über das lange Schweigen hat es auch bei mir nicht gegeben; und nachdem ich seinen Wunsch abgelehnt habe, herrscht wieder Funkstille von Alex.«

Karlotta war ziemlich perplex, wie wenig Erstaunen die unverfrorenen Forderungen von Sohn Alex hervorriefen. *Greedy Generation* schoss es ihr durch den Kopf, oder was hatte sie neulich gelesen? Die Älteren würden von der jüngeren *Greedy Generation*, im Scherz auch *die bedingt nützlichen Goldesel* genannt. Sie fand das überhaupt nicht mehr witzig, denn dieses Bild schien sich mittlerweile als so gesellschaftsfähig in allen Köpfen verankert zu haben, dass sich die Eltern hier offenbar über Willkür und Unverschämtheiten dieser gierigen Kinder gar nicht mehr empörten. War sie die Einzige, die über die beiden Arten der Kontaktaufnahme fassungslos war und sie in beiden Fällen einfach nur arrogant fand?

Nein, nein, sie seien auch sehr entrüstet und wütend darüber, wie hier mit den Eltern anmaßend umgesprungen statt angemessen gesprochen würde, stimmten einige zu. Und man müsse überlegen, ob das eventuell auch daran liegen könnte, dass sie als die Alten gesellschaftlich oft einfach kein Gewicht mehr hätten und dass sie aber auch ihrerseits in der Tat viele diskriminierende Altersklischees bereitwillig bedienten.

Mit lachender Selbstkritik wurden ein paar Beispiele in die Runde geworfen: Sie waren ja tatsächlich früher froh gewesen, wenn die smarten Kinder sich überhaupt noch mit ihren hoffnungslos ahnungslosen Technik-Methusalems abgaben. Sie kauften ja tatsächlich die aus reiner Fürsorge für die reifere Generation angebotenen Seniorentelefone und erwogen einen Alterssitz außerhalb der Gesellschaftsmitte. Und sie verbrauchten ja vielleicht tatsächlich mit ihren horrenden Renten und dem ständig brennenden Licht in der Toilette alle wertvollen Ressourcen der künftigen Generation! Da brauchte es nun wirklich niemanden mehr zu wundern, dass es fast niemanden empörte, wie aus Nichtbeachtung allmählich Herabwürdigung wurde, wie Aggressionen gegenüber der älteren Generation um sich griffen und viele Eltern von ihren Kindern ungeniert ins Aus gestellt wurden!

Der Vater hatte sich inzwischen gefangen. »Ich habe da so meine eigene Art entwickelt mit dem Thema *Familie* umzugehen«, lächelte er. «Ich bin noch lange nicht raus. Nicht nur, dass ich mit meinen fünfundsiebzig noch so einige Firmenberatungen als Ingenieur mache und auch viel und gern in die Oper gehe! Seit ein paar Jahren kümmere ich mich auch um die alleinerziehende Tochter eines verwitweten Kollegen. Ich hatte zwar auf eigene Enkel gehofft, aber wenn wir zwei Opas mit den zwei Kindern losziehen, ist das richtig schön. Verkehrsmuseum und Ballettstunde, Theater oder Picknick samt junger Mama am Wannsee und am Müggelsee. Wir verbringen viel Zeit miteinander, teilen auch Sorgen ... ich glaube, Rat und Tat von mir sind dort willkommen.«
Die Gruppe freute sich mit ihm über seine neue Familie; vielleicht würde Sohn Alex ja irgendwann einmal dazukommen.

Und Karlotta ergänzte: »Da geht es mir ähnlich: Erstens habe ich viele liebe Menschen um mich, wir sehen uns häufig, teilen eine Menge Interessen und Aktivitäten, und wir sind auch bei Krankheiten füreinander da, unterstützen und mögen uns wirklich sehr – ich nenne sie immer meine *Freundes-Familie*. Und auch aus diesem Kreis habe ich wieder jemanden dazugewonnen, stimmt's Verena? Und außerdem helfe ich seit einem halben Jahr einer Kollegin von der Schule für Erwachsenenbildung bei ihrer unentgeltlichen Englischnachhilfe. Ich habe einen ihrer drei Schützlinge übernommen – einen geschiedenen Vater mit achtjährigem Sohn. Ich freue mich immer schon auf Donnerstag, wenn ich mit dem Papa fürs Abi pauke und sein Kleiner die alten Videos von meinem Sohn anschaut: Feivel, Peter Pan und Konsorten sind überhaupt noch nicht out, hat er gesagt! Wir machen oft noch Abendbrot zusammen und manchmal wird der widerstrebende Kleine zur Schwiegermutter gebracht, damit ich mit meinem Schüler in einen englischen Film gehen kann, über den er einen Aufsatz schreiben muss. Neulich hat dieser junge Papa gesagt: *Wie heißt das so richtig? Mischpoke kannste dir nicht aussuchen, Freunde schon!*«

Es war Spätherbst geworden. Karlotta hatte sich fast zwei Jahre lang intensiv mit dem Thema *Verstoßenwerden* auseinandergesetzt und war dabei ehrlicher und sensibler geworden. Sie redete zwar nicht oft, aber nicht mehr nur ausschließlich mit den allerengsten Freunden darüber, wie sie selbst und wie sich Sebastian ihr gegenüber verhielt und wo sie Probleme mit ihrer Mutter-Sohn Beziehung hatte. Ab und zu konnte sie in ihrem Umfeld im Bild von einer heilen Familie die Leerstelle wahrnehmen – dann stellte sie bei sich so ihre stillen Vergleiche an, oder manchmal konnte sie sie auch selbstverständlicher ansprechen.

Ob in einsamer Lektüre oder im Austausch mit anderen Müttern und Vätern – Karlotta spürte, dass sie unendlich viel gelernt hatte. Aber bei all den ähnlich erlebten, empfundenen und ausgetauschten Leidens- und anderen Erfahrungen hatten gerade die elterlichen Wiedersehensberichte Karlotta noch einmal vor Augen geführt, wie sehr sich die Wünsche und Vorstellungen von einem guten Miteinander im Einzelnen unterschieden. Karlotta wusste nun: Sie hatte keine allgemeingültige und auch keine genau auf sie zutreffende Verhaltensweise gegen das Mutter-Sohn-Aus gefunden. Und obwohl sie Sebastian seit seinem letzten Besuch nur zweimal gesprochen hatte, glaubte sie dennoch, inzwischen mit seiner Abkehr gelassener umgehen zu können. Sie empfand sich selbst immer weniger als eine Verliererin und schon gar nicht mehr als eine Ausgezählte. Sie strebte neue Spielregeln an.

Sie wusste nicht, ob eine Annäherung gelingen konnte und wie sie im Einzelnen geschehen sollte. Aber Karlotta war immer klarer geworden, dass ihr Dreh- und Angelpunkt dabei der gegenseitige Respekt war. Eigentlich banal, aber so schwer zu verwirklichen!

Und das wusste sie jetzt auch: Sie wollte den Respekt oder sogar einen liebevolleren Umgang nicht in langen Jahren des allmählichen Verstummens immer nur von ihrer Seite aus aufs Neue erbitten und erbetteln, sie wollte, dass er von beiden Seiten angestrebt wurde.

Karlotta wünschte sich, dass Sebastian und seine Freundin gemeinsam mit ihr neue Spielregeln ihres Miteinanders vorbehaltlos, nein respektvoll überdenken und eines Tages auch würden leben können.

Wunschbilder

Langer Sandsaum mit rollenden Steinen, vielleicht, Worte und Gesprächspausen rhythmisch unterlegt von den Wellen. Ein Wochenende tiefes, offenes Durchatmen ... *Ja, ich weiß was du meinst, wie hast du damals nur ... Nein, fang nicht schon wieder an, Entschuldigung, bitte hör mal zu jetzt ... Aber so sag doch was dazu. – Also ich habe immer geglaubt ... Und Papa, und Schule, und Freundinnen, und weite Fernen, und bloß keine Nähe ... Natürlich verstehe ich dich. – Gut, aber was ich nie fassen konnte ...*

Helle Morgensonne, vielleicht, oder die des frühen Abends spiegelt sich auf dem Meer. Zu schön, nicht weiter ausmalen, Kitschalarm.

Visionen drängen dazwischen, Visionen von versammelten Elternvergehen, Gespenster die aufsteigen und herumwirbeln, in einem wilden Reigen. Da tanzt die Klammermutter mit dem Tabumonster und Tigermom dreht sich mit Narzis unter dem Mäntelchen der Fürsorge, die Konkurrenz grinst scheel auf die Freundineltern, die triumphierend das Bein schwingen, da tippeln das *Beste für ihn* und die emotionale Erpressung heran und der Leistungsdruck walzt mit der Affenliebe.

Die neu geschärfte Hellsicht sucht die Kinderseite ausfindig zu machen, in diesem wilden Reigen. Da zwängen sich seitlich auch schon wie Riesenfragezeichen die kindliche Willkür und das trotzige Schweigen hinein, der Egoismus und die Aggressionen tanzen hinter der Mobbingmaske mit in dieser wogenden Menge. Da schwingt von oben ein Pendel zwischen verengendem Oval und endloser Weite. Und da drehen sich die kindlichen und die elterlichen Schuldgefühle zusammen mit der Zurückweisungsangst im turbulenten Kreis. Und über allem erklingt der Ruf: *Loslassen, du musst loslassen* – worauf einzelne Alte und Junge ganz weit hinausgeschleudert, aufgespießt werden auf harten Worten und aufprallen auf der dürren Enttäuschung und dem verwirbelten Schmerz.

Andere bilden lächelnd neue Formationen.

Wo ist das Auge des Sturms, wo ist die Ruhe, um die alles kreist, der Mittelpunkt, in dem man den Mahlstrom überstehen kann? Vielleicht doch nicht draußen in der Natur zu finden, lieber zu Hause, vielleicht, und an keinem Feiertag.

Einen Anruf kann sie sich ausmalen, mitten in ruhiger Nacht. Nein, nicht aus chinesischer Kontaktverordnung gegen die Vernachlässigung alter Eltern, sondern nur so.

Und in die Augen des Sohnes malt sie ein Wunschbild:
Ruhiger Spiegel seiner Selbstbestimmtheit, gelassene Klarheit, die auf Bedachtsamkeit gründet, die wortlos vom Übereinklang mit seinen eigenen Wünschen spricht und von gewachsener Identität und wacher Neugier aufs Leben.
Zuwendung im Blick statt Abkehr.

***

Vielleicht würde es ihnen einmal gelingen, Konturen der Realität in Karlottas Wunschbild zu zeichnen. – Sebastian auf seine Weise, Karlotta auf ihre.

Silbern liegt der neue *Space Pen* neben dem Computer und glänzt Karlotta an. Verena hat ihn ihr mit lachend verstellter Stimme zum Geburtstag überreicht: »NASA-erprobt im Weltall – nie mehr ein Verwackeln oder Verwischen, jeder Gedanke in klare Linie gebracht, auch wenn das Leben mal kopfsteht. *Space Pen*, denn die Zukunft hat schon begonnen!«

Der Stift liegt ihr gut in der Hand, als Karlotta schreibt:

Lieber Sebastian,

ich habe mich von dir und deiner Freundin in den letzten Jahren ins Aus gestellt gefühlt. Ich wünsche mir, dass wir gleichberechtigter und respektvoller miteinander umgehen.

Vielleicht geht es dir ähnlich, aber ich weiß nun, dass ich noch sehr viel Zeit brauche, um ungestört herauszufinden, ob und wie ich das von meiner Seite aus besser bewerkstelligen könnte und da reichen die paar Wochen bis Weihnachten nicht aus.

Du und Erika, ihr werdet das sicher verstehen.

Ich hoffe, es ist auch wichtig für dich, dass wir neue Spielregeln unseres Miteinanders finden, mit denen ein Wiedersehen und unser Verhältnis für alle zufriedenstellender werden können.

Lass uns in Ruhe über altes Verhalten und neue Ziele nachdenken und lass uns dann wieder aufeinander zugehen, wenn wir beide meinen, dass es Zeit ist.

Mama

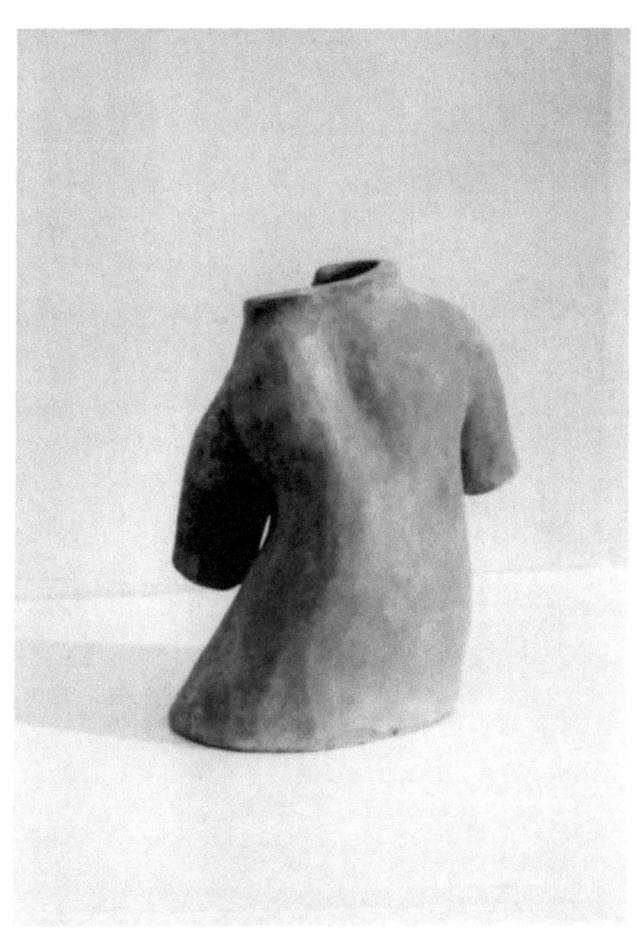

Abgelegt
Sigrid Hacker, Ton, 2011

Zeitfracht Medien GmbH
Ferdinand-Jühlke-Straße 7
99095 Erfurt, Deutschland
produktsicherheit@kolibri360.de